察知されない最強職《ルール・ブレイカー》
11
三上康明
Yasuaki Mikami
illustration 八城惺架
JN053713

セリカはまだめそめそしているが、
抱えたソリューズは
容赦なく前へと進んでいく。
ポーラとソリューズのふたり（＋荷物のひとり）は
角を曲がったところで——
足を止めた。

「……え？」
「これは……大丈夫なのか、ポーラさん」

INTRODUCTION

ポンコツ記者と汚職事件

11

聖ビオス教導国に突如として出現した巨大な山。
そこには伝説やおとぎ話として知られていた
「ルネイアースの大迷宮」が存在する可能性があり
さらに大量のモンスターが山の外にあふれていた。
モンスターを倒すのが急務だったが、
国力の衰えたビオスでは対応が難しく、
冒険者「東方四星」にも討伐隊として白羽の矢が立った。
迷宮攻略にどれほどの時間がかかるかわからないため、
日本に渡ったばかりのヒカルたちを呼び戻す
必要があると判断したソリューズやポーラ。
彼女たちは、「世界を渡る術」を使っているいつもの古びた
倉庫に向かうのだが、老朽化した倉庫は解体が済んでおり、
そのせいで「世界を渡る術」の実行ができなくなっていた。
そんなことが起きているなど知るはずもないヒカルとラヴィアは、
ポンコツ新聞記者の綾乃《あやの》に振り回され、
汚職の舞台となっている藤野《ふじの》多町《たちょう》までやってきていた。
そこでヒカルが出会うのは、科学全盛の日本においては
あり得ないような「神秘の山を守る生き方」に
固執している老人と、老人を恫喝《どうかつ》している敵対勢力だった。
ヒカルは、その不器用な生き方をしている
老人を救うべく行動を起こす。

察知されない最強職《ルール・ブレイカー》

11

三上康明

ヒーロー文庫

察知されない最強職《ルール・ブレイカー》 11

illustration 八城惺架

CONTENTS

イラスト／八城惺架
装丁・本文デザイン／5GAS DESIGN STUDIO
校正／福島典子（東京出版サービスセンター）
DTP／伊大知桂子（主婦の友社）

この物語は、小説投稿サイト「小説家になろう」で
発表された同名作品に、書籍化にあたって
大幅に加筆修正を加えたフィクションです。
実在の人物・団体等とは関係ありません。

プロローグ　異世界人ヒカルを待ち受けていたトラブル

日本に滞在する期間は短めの予定だった。ヒカルは明確になにかをするつもりはなかったし、ラヴィアの好奇心を満足させられればそれでいいんじゃないかなーとか思っていたくらいだったからだ。

だけれど――もしかしたら、予定通りにはいかないかもしれないと、フラッシュを焚《た》かれたときに思った。

「――やっぱり。やっぱり！　いたんだわ、他にも異世界からの旅人が!!　これは世界的なスクープよ!!」

と、叫んだ女性は一眼レフカメラを抱えたままきびすを返して走り出す。タンタンタンッとマンションの階段を上る足音が聞こえた。どうやらこのマンションの住人らしい。

『えっと、ヒカル？　今のって――』

『ごめんだけどラヴィア、部屋に戻って待ってて』

『ヒカル!?』

向こうの世界の言葉でそう伝えると、ヒカルも走り出し、女性を追った。ヒカルの「生命探知」はこちらの世界でも機能していて、先ほどの女性が1階上の部屋に入ったことがわかる。ヒカルが追いつく前にドアは閉じられてガチャリと音がした。

「参ったな……」

女性がふだん使いするには重そうな一眼レフカメラに、ストロボまでついていた。それに「スクープ」という言葉を使っているところからすると――メディア関係者だろう。

彼女の家は4階の角部屋で、ネームプレートには「佐々鞍《ささくら》」と書いてあった。ここ数か月以内に入居したような雰囲気ではないので、以前からこのマンションに住んでいたことがうかがえる。

「写真を公開されたらまずいな」

これが新たな異世界人だ、なんていう触れ込みで写真が公開されたらきっと多くの人間がそれを目にするはずだ。そうしたら「これってヒカルじゃね？」と気がつく人間が出てくるのは間違いないし、次にはヒカルの家族に取材が殺到する。

写真を消去させなきゃ――と思ったが、ドアはロックされている。力技で壊すか？　壊せるだろうか……いや、壊している間に警察を呼ばれたりしたら困る。ヒカルの「隠密《おんみつ》」にも限度はある。

「――よし、それなら」

ヒカルは廊下の手すりを乗り越えた。角部屋なので身を乗り出すとそこからマンションの外壁が見える。すぐ近くに格子窓があり、その先には出窓がふたつ、さらにその先にはベランダの手すりが見えた。

下を見る。

通りかかる人間はいない——時間も夜の10時過ぎだ。

向こうの世界から来たばかりの冒険者スタイルだったのが幸いした。ロープを出して手すりに結びつけると、ヒカルはジャンプして窓の格子をつかんでぶら下がる。

4階の高さである。

日本で暮らしていたときなら絶対にこんなことはしないだろうという芸当を、なんの躊《ちゅう》躇《ちょ》もなくやってしまう自分にちょっと驚く。

「ソウルボード」の「筋力量」に2を振っているのでたやすく格子をよじ登ると、その上の狭い場所に立った。次にそこを蹴って出窓の屋根に飛び移ると、勢いを殺さず次の出窓にジャンプした。すぐ目の前にはベランダの手すりがあった。

音もなく着地。ロープの長さはギリギリだった。ヒカルはロープを手放すと狭いベランダを見やった。

洗濯物が干しっぱなしだった。無地のバスタオルで目隠しされたところに、これまた素っ気ないスウェットが干されている。

エアコンの室外機は動いていない。

遮光《しゃこう》カーテンが閉まっているけれど、隙間から室内の光が漏れている。隙間からのぞき見ると先ほどの女性がノートPCに向かっている。

頭にはカーキ色のキャップをかぶり、紫のダウンジャケットの背中をこちらに向けている。

そういえば——ヒカルはここに来てようやく寒さを感じた。もう12月なのだ。

見ると、ベランダに通ずる窓の鍵は開いている——不用心なことだった。

ヒカルは窓を開けるが「隠密《おんみつ》」が効いているせいで「佐々鞍」なる女性はこちらに気づいていない。ブーツのまま中に入って後ろ手で窓を閉めると鍵を掛け、腰から短刀を抜いた。念のため銀の仮面も着ける——なんとなく持ってきたものだったけれど、まさかこんなに早く使うことになるとは。

これじゃあ強盗だ……とうんざりするが、スクープされた写真をそのままにしておくわけにはいかない。

「うふふふふ、ようやく撮影できたわ！　だから私は言ったのよ、他にも異世界人はいるんだって！　これであのデスクたちを驚かせてやるんだから！　えーっと、このカードをどこに差すんだっけかな……」

カメラから小さいカードタイプの記録メディアをいそいそと取り出した女性の背後に立ったヒカルは、「隠密」を解いて短刀の刃を見せつけながら口を開いた。

「残念だけどその写真は使わせない」

「ひっ⁉」

ぎょっとして振り返った女性は、目の前に突きつけられた刃の切っ先を見て青ざめた。

「あんたはさっきの異世界人⁉　ど、ど、どうやって中に……」

「さあ？　そんなこと説明する必要はないだろ？」

ガタガタと震える女性の手から記録メディアを奪い取ると、ポケットにねじ込んだ。後で捨てる……いや、燃やそう。それが確実だ。

「ダ、ダメ……それは……」

「写真を渡すわけにはいかない」

「でも、それは……！」

「おれがここにいたことは忘れるんだな。アンタの前には二度と姿を現すことはないだろう――」

「――うっ」

「ん？」

「うぐっ、ううっ、うううううう～～～～～」

女性の目にはみるみる涙が浮かんで、こらえきれないという感じで声が絞り出された。

「うわあああああん、あああああん、ああああああ――」

「ええええっ？」

泣き出したのだ。子どものように。ぽろぽろと涙をこぼし、ヒカルの目もはばからずに。

「もう終わりよおおおおお、私はこのまま低脳ダメ記者として生きていくんだあああああうわあああああんんんんんん！」

「え、えぇ……？」

ドン引きである。イスから転げるように床に崩れ落ちると、彼女は伏せっておんおんと泣き出したのだった。

「なんだこれは……」

ヒカルは途方に暮れた。

いくら日本には面倒ごとが待ち受けているのだとしても、まさかこんな事態に遭遇するとは思わなかった。

「もう、もう死ぬしかないいいいいいいい！」

「はあ⁉」

「えぐっ、えぐっ、うえええええええ……」

「…………」

このまま放っておいて逃げ出すのがいちばんなのだろうけれど、さすがにそこまで人の心を捨てたわけではなかった。

「……わ、わかった。わかったから泣くな……いったいなにがあったんだ？」

「えぐっ、うぐっ、うぐぅ……」

そうして彼女は――佐々鞍綾乃《あやの》は語り始めた。

彼女が国内でも大手の「日都《にっと》新聞」の記者であることを。

彼女が会社で冷遇されていることを。

スクープをものにすることで一発逆転を狙わなければならないことを――。

（……知らんがな）

聞けば聞くほどますます途方に暮れるヒカルだった。

第43章　現代日本で「隠密《おんみつ》」スキルを活かすのは難しい？

歴史あるポーンソニア王国の王城、大会議室に詰めているのは王国の貴族たちだ。この半年間、新女王の誕生に伴う混乱、クインブランド皇国との停戦、「呪蝕《じゅしょく》ノ秘毒《ひどく》」による王都危機といった出来事が立て続けに起きた。貴族の中には「王都に留《とど》まるのは危険だ」と王都を離れた者もあったが、大半は新女王クジャストリアがどのように危機を乗り越えるのかを見届けるべく王都に残った。それはつまり新女王に気に入られることで自らの位置を確固たるものにするための方策でもあった。

つまるところこの大会議室にいる貴族のうち、クジャストリアに忠誠を誓っている者はごく一部であって、残りの貴族たちは保身しか考えていない。

しかも先代王やクジャストリアの兄であるオーストリン王太子の派閥にいた者のうち、ひどい不法に手を染めていた貴族はその地位を追われて処罰されたので、かつてはこの大会議室でも「イスが足りない」ほど貴族は多かったというのに、今では席の間隔もまばらで空席も目立つほどだ。

そんな状況であったというのに、その日提出された議案について活発に意見が出た——

そうして議論は「否決」へと大きく傾いていた。

これほど貴族たちに反対されると、いかに王であるクジャストリアが希望したとしても推し進めることはできない。有力な貴族が女王の後ろ盾となり「賛成」すればまた話は別なのだが、彼女の味方は少ない。

王国内でも強い武力と人望を誇っているグルッグシュルト辺境伯は領地にいてこの場には不在だった。

王国の三大公爵家のうちの一人であるゴルビショップ公爵は損得勘定が上手で、「この手の案件」では自らが損害をこうむる可能性があると事前に判断したのだろう、不在だった。

ジャッククルーン公爵は高齢であり、今年こうむった多くの危機での疲労がたたって病床に伏せっていると連絡があり、不在だった。

ナイトブレイズ公爵はこの場にいたが、女王の補佐という立場なのだが最初からこの議論には乗り気ではなく、消極的だった。

あとは、その武名を轟《とどろ》かせている騎士団長ローレンス＝ディ＝ファルコンは参加しているものの、彼は王国の剣であり盾として、女王の決定に従うとしている。

つまり「否決」で決まりである。

「――結論が見えてきましたね。王国としては聖ビオス教導国への支援はできないと……」

クジャストリアがそう口にすると、貴族たちは「当然だ」と言わんばかりにうんうんとうなずいた。一方、会議室の隅に控えている司祭――今は王国中枢でさまざまな仕事を引き受けては大車輪の活躍でこなしまくっている司祭リオニーは、そっと目を伏せた。新たな教会組織のトップであるルヴァインから借り受けている彼女は、あくまでも教会所属の人間である。

元々はヒカルが、「世界を渡る術」の研究のために、魔術に明るい司祭を借りたい――と申し出たのだけれど、その研究はクジャストリア本人がやりたかったものだから、リオニーには書類仕事を大量に任せて、クジャストリアの負担を軽くしてもらい、それによってできた時間を使って研究を進めるつもりだった。

負担は確かに軽くなった。でも、それ以上の仕事が降り注いできて、ほとんどクジャストリアは研究なんてできていない状況だった。

「――以上をもって、本日の王国議会を終了する」

貴族たちがぞろぞろと大会議室を出て行くと、すでに窓の外には夕闇が迫っていた。小さな控え室に移動したクジャストリアは、真っ先にリオニーに声を掛ける。

「あなたの望み通りにはなりませんでしたね」

「……はい、こうなるだろうとは予測しておりました。女王陛下にはさまざまな後押しをいただきましたこと、お礼申し上げます」

この部屋にはクジャストリアとリオニー、それにナイトブレイズ公爵しかいなかった。

「力が及びませんでした」

「っ！　そのようなことは、おっしゃらないでください」

気心の知れた者しかいないとはいえ、一国のトップであるクジャストリアが謝罪にも似た言葉を口にする意味は重い。リオニーは司祭であり、本来は王国の所属ではない——女王の配下ではないものの、それでもリオニーの無念をくみ取って頭を下げた。

リオニーは、腐敗した教会内部にあっても信仰の道をひたすら歩んできた「たたき上げ」、あるいは「超実務派」と言っていいタイプだ。自ら信じるもののためには命を散らしても惜しくないと考え、事実、聖都アギアポールに獣人軍が攻めてきたときに単身で敵陣に乗りこみ、盟主ゲルハルトを相手に一歩も退《ひ》かなかった。ヒカルをして「女傑」なんて言わしめたほどだ。

その彼女が——彼女を通じて、教皇ルヴァインが依頼をしてきたのは「聖ビオス教導国への支援」だった。

「呪蝕ノ秘毒」による災禍は、ビオスからポーンソニア王国へともたらされた。先代教皇と高位司祭たちの暴走により、多くの王国民が死に、そしてそれ以上にクインブランド皇国の民が死んだ。

その賠償はいまだに終わっていないどころか、賠償についての協議が終わってもいない段階で「支援要請」があったのだ。

「……ですが、議論にはしましたが、内心では信じられません。聖ビオス教導国がダンジョンの出現にここまで危機感を覚えているとは」

「はい、陛下。各地でのダンジョン一斉出現と同じパターンであるとは思うのですが……いかんせん、想定をはるかに上回る規模でした」

リオニーは改めて状況を語る。

彼女とてビオスから届いた急報によって知っただけにすぎないのだが、書簡を送ってきたのは教皇ルヴァインその人だ。それだけに緊急性の高さがうかがえる。

聖都アギアポールから目視できる場所に突如として出現した山。そこにはダンジョンがあり、多くのモンスターがあふれ出てすでに聖都近辺にまでやってきているという。

あふれたモンスターは冒険者ギルドのランクで測るところの討伐推奨ランクD以上で、軍の一般兵であっても苦戦必至という強さだった。

翼の生えた悪魔、地を這《は》う穢《けが》れたスライム、双頭の蛇。幸運なことには「聖」に属する魔法の効きが極めて良いので、司祭を多く抱えている聖都アギアポールならばなんとかしのいでいけそうだということだった。

とはいえ、聖都方面以外にもモンスターは流出している。そちらで街道を封鎖されようものなら聖都への物流が途絶えてしまい、数か月で聖都は干上がってしまうだろう。

中央連合アインビストからの攻撃、教皇の交代とそれに伴う大規模な粛正《しゅくせい》、クインブランド皇国の侵攻と、立て続けに国家の危機に陥っていたビオスにとって、さらなる悪夢がやってきたような状況だった。

ダンジョンへは調査団が送り込まれたが、第1層にはモンスターがあふれかえっており、とてもではないが先に進めないという。それでもできる範囲で情報を収集したところ、次のようなことがわかった。

ひとつめは、天然の山を利用して造られたダンジョンであるということ。

もうひとつは、入り口に石碑があり——そこにはこう書かれていた。

『覇道《はどう》を征《ゆ》く者。
叡智《えいち》を求める者。
魔導を究める者。
奸智《かんち》に長《た》けし者。
勇猛を宿す者。
我が挑戦を受けよ。
すべてを乗り越えし者は、魔術の真髄を知る——ルネイアース《Runay-aas》・オ《o》・サーク《Saak》』

最後の署名は、古語で「サーク家のルネイアース」という意味だった。

ルネイアースという名前を知っている者もいれば、知らない者も多い。だけれどこういった王城ではなく、たとえば冒険者ギルドなどで聞いてみれば、十中八九知っていると答えるだろう。それは「いにしえの大魔術師」として、あるいは「深淵《しんえん》の賢者」という異名とともに。

このルネイアースという名は、おとぎ話や伝説みたいなものであった。魔術師として世界の宝物を集めていたが、そのすべてを封印して行方《ゆくえ》をくらましてしまったとか、禁忌に触れる魔術研究を進めた結果、一国を滅ぼしてしまい本人もまたその事故で死んだとか、あまりに強力な魔術を開発したために各国が恐れ、害そうとし、それを察知したルネイアースは信頼できる弟子だけを連れて大海の底に楽園を造らんと旅立ったとか……。

その中でも極めつけは、「前人未踏の巨大迷宮を造りあげ、そこに数々の宝物を封印した」というものだった。つまるところ「おとぎ話」には違いないのだけれど、そうと知りながらも冒険者たちは「いずれルネイアースの大迷宮にもチャレンジしてみたいもんだ」なんて酒の席で話すのである。「まずはその大迷宮を探すところからだろ？」というツッコミが入るまでがセットだ。

それほどに「ルネイアース」という名前は重いのだが、聖都アギアポールの近郊に出現した山の中のダンジョンにその名を刻んだ石碑があったのだとしても、「これがあの大迷宮か！」と素直に喜ぶことはできない。

なぜかと言えば「ルネイアース」の名を冠するダンジョンは過去に何度も出現しては踏破されたからだ。凡庸《ぼんよう》な魔術師が自分の名を上げようとルネイアースの名を付けたダンジョンを造ったのである。今回出現したダンジョンも「模倣犯」によるものである可能性はとても高い。わざわざ石碑に名前を刻んでいるあたりが、なおさらうさんくさい。

先ほどの会議でも貴族たちは当然疑っていたし、たとえ真実のルネイアース大迷宮であったとしても隣国に出現したダンジョンなのだからどうにもできない。「ダンジョン周辺のモンスターを間引くのを手伝ってほしい」なんて言われて「ハイわかりました～」と出兵するほどお人好しでもない。そのせいでダンジョンの攻略が進み、万が一本物の大迷宮だったりしたら、莫大な富を手に入れるのは聖ビオス教導国になるのだから。

「……女王陛下、これは余計な情報かもしれませんので申し上げてはおりませんでしたが、ルヴァイン教皇聖下からいただいた書簡にはこうも記されていたのです。アインビストの盟主であるゲルハルト＝ヴァテクス＝アンカー様がいまだ聖都に滞在中であり、ダンジョン踏破に向けて動き出していると」

「そうなのですか？」

それほど重要な情報をなぜ言わなかったのか——と言いかけて、クジャストリアは口をつぐんだ。

言ったところでルヴァインが支援を求めているという事実は変わらないのだ。そして裏を返すと、ゲルハルトが動いているにもかかわらず支援を求めているというのは、事態がそれほどに深刻であるとルヴァインは見積もっているのだ。ゲルハルトではダンジョンを踏破できないだろうと考えているのだろう。

この情報を事前に伝えたら、そんな危険なところに兵を送れないという意見に傾くに違いない。リオニーは最初からこの支援要請が難しいと考えていて「ダンジョンからモンスターがあふれて？　しょうがないな、多少なら間引いてやる」というくらいの温度感で派兵してくれれば儲《もう》けものだと考えたのだろう。

なかなかの策士ではある。

だけれどその「儲けもの」すら得られなかったので、こうして情報をすべて開示した――せめてクジャストリアだけには味方になってもらいたいと考えて。

すると――しばらく考え込んでいたクジャストリアがふと顔を上げた。

「……ナイトブレイズ公爵。冒険者ギルドにダンジョンの情報を流してはいかがでしょうか？」

「と、おっしゃいますと？」

「王都には高ランクの冒険者パーティーがいますね。確か、ランクAパーティーがふたつに、ランクBが5つ、ランクCならば二桁……現在は、王都から許可なく出ないようにと通達しているはずです」

「それはそうですが。まさか陛下は、冒険者ならば聖ビオス教導国に送り込んでもよいとお考えですか？」

クジャストリアがうなずくと、ナイトブレイズ公爵は眉根を寄せて、

「……陛下。冒険者とはいえ、貴重な戦力であることには変わりません。『呪蝕ノ秘毒』問題がシルバーフェイス殿の働きで被害が最小限に食い止められたことは僥倖《ぎょうこう》でしたが、王都はいまだ混乱状態にあります。なにが起きるかわからない今、希少な戦力を王都から出すことはお勧めできません」

その反対意見はもっともだった。聞いたリオニーですらクジャストリアの発案に驚いている。

「わかっています。ですが、我らが冒険者に頼まなければならないような危機とはどのようなものを想定していますか？　巨大モンスターの襲来でしょうか？　確かに今年、火龍《かりゅう》が空からやってきたことがありましたね」

それは、ヒカルが火龍とともに空を飛んだことを指す。指名手配がかかっていたラヴィアのことから目を逸《そ》らせるために火龍にちょっとしたパフォーマンスをお願いし、上空で火を噴かせたのだったが、真実を知る者は他にいない。

それも原因のひとつとなって王位交代が進んでしまったのだが、それはともかく、

「あのとき冒険者がなにか行動を起こしたでしょうか？　城内にいる騎士団すらまともに動けなかったではありませんか」

「そ、それは……あのような存在はごく稀《まれ》でして……」

「では近年、ランクA冒険者の出動を要請するような案件があったか教えてくれませんか？」

「…………」

「そもそも冒険者はギルドからの依頼で行動を起こすもので、依頼には多額の金銭が必要となります。ランクAやBをこの王都でくすぶらせておくくらいならば、うまく使ったほうがいいと思いませんか？」

「ううむ……」

ナイトブレイズ公爵は腕組みをして唸《うな》っている。これはもうほぼほぼ「説得された」状態であると言える。あとは「ランクAはダメで、Bくらいにしましょう」とか「ランクAは1パーティーだけなら問題ないでしょう」みたいな落としどころを探るだけだ――クジャストリアは満足した。

「畏《おそ》れながら陛下」

するとと当事者であるリオニーが言った。

「支援要請をした身ではありますが、公爵閣下の戸惑いはもっともであると存じます。なぜここまで……よくしてくださるのでしょうか？　陛下にとっても教会組織は、毒を撒《ま》いた憎き存在なのではありませんか？」

リオニーにはクジャストリアの考えがさっぱりわからないのだろう。

クジャストリアは年齢こそ若い少女でしかなかったけれど、ナイトブレイズ公爵を相手に駆け引きができるほどに聡明だった。憎しみや恨みといった感情を排して、損得勘定だけで見てもビオスへの支援はあまりよい取引とは言えない。

そんなことは、クジャストリアも百も承知だった。

ただひとつの事実がクジャストリアの背中を押したことは、ナイトブレイズ公爵やリオニーどころか、この巨大な城にいる誰も知らないだろう。

クジャストリアは知らなかったのだ。「ルネイアース」という魔術師の名前は聞いたことがあったが、ルネイアースが「サーク」という家名を持っていたことを。

この「サーク」という家名こそが肝心だった。クジャストリアはここに「彼」がいたら、きっとピンと来るだろうと考える。

シルバーフェイスである。

（……魔術研究家、ソアールネイ・サーク。彼女こそがわたくしとシルバーフェイスが研究している魔術の土台を作り上げた人物……その名は、今になって思えば「ルネイアース」という響きによく似ています）

その魔術とはもちろん「世界を渡る術」だ。

ソアールネイは非常に珍しい研究対象である「世界と世界を隔てる壁」についていくつもの論文を残していた。「世界を渡る術」についても基礎理論をまとめている。

もちろんこの理論は、あくまでも机上の理論であって誰も成功者がいなかった。ヒカルが成功させた「四元精霊合一理論」というとてつもない魔力を引き出す理論――こちらも同様に「机上の空論」と呼ばれていたけれど、それでも最初に理論を唱えた本人は「成功した」と言い張っていたところが根本的に違う。

ソアールネイ本人すらも「これは思考実験である」と但《ただ》し書《が》きをつけていたのが「世界を渡る術」だったのだ。

ソアールネイはその後、実験中に失敗して亡くなったとも、世界を巡る旅に出たとも言われていたが、いずれにせよ消息は断たれている。

ソアールネイは奇妙な実験ばかりしていた。「世界を渡る術」も一般的な魔術研究ではないし、それ以外にも「空間を圧縮する方法」だとか「魔術式に頼らない魔術構築」だとかさまざまな研究をしていた。

いずれにせよ、それらの研究はあと一歩で完成しそうなのだが、なにかしらの問題があって完成しきれないという課題が残っているものばかりだった。

その後、ローランドがある程度課題を解決し、魂だけでも世界と世界を隔てる壁を超えることに成功し、ヒカルをこちらの世界に引っ張ってきた。ヒカルはローランドの知識を元に、クジャストリアと力を合わせて「世界を渡る術」を完全なものにした。

このソアールルネイ・サークはもしかしたらルネイアース・オ・サークの一族なのではないか。そう考えてしまうのは自然な流れだと言えるだろう。

（ああ……行ってみたい！　行ってみたいです！　ルネイアースが残した迷宮なんていうものがあるとしたら、どのような魔術理論が扱われているのでしょうか⁉　もしや魔術書も残っているのでは⁉　子孫のソアールルネイ女史が天才なのですから、祖先のルネイアースもきっとすさまじい魔術研究家だったのでしょうね……！　これはポーンソニア王国としても、少しでも情報を仕入れておくべきです‼）

そんなわけでクジャストリアの行動原理は、そのものずばり、本人が重度の魔術オタクであるというところにあった。周囲の人間はクジャストリアが魔術研究をたしなんでいることは知っているものの、重度のオタクであることまでは知らない。

だから公爵もリオニーも、クジャストリアが「どうしてビオスに肩入れをするのか」が全然わからないのである。この辺の事情をほんとうの意味で理解しているのはシルバーフェイスくらいのものだった。

とはいえ、女王としての決定事項に私情を挟んでいるなんてことは隠さなければならず、クジャストリアは、質問をしてきたリオニーに小さく微笑《ほほえ》んでみせた。

「……ルヴァイン教皇聖下のことはよく存じませんが、リオニー、あなたのことならわたくしは理解しています。そしてその働きぶりを買っているのです」

「！」

「あなたが、遠い聖都アギアポールのためになにかしたいという思いを抱えていることもまた手に取るようにわかりました。それが私心からではなく、無辜《むこ》の民《たみ》のためを思ってであることも。であれば、王国の不利益にならない範囲でなにか手を打とうと考えるのは為《い》政者《せいしゃ》として当然ではありませんか」

簡単に言えば「他ならぬお前のためにやってやるんだぞ」という意味だった。その辺の機微がわからないリオニーではない。

「あっ、ありがとうございます……過分な評価でございます、陛下」

リオニーは頭を下げたが、その肩はすこし震えていた。

これほどまでに自分を買ってくれていたとは思っていなかったのかもしれない。

「なるほど。リオニー殿の働きは我が王国にとっても重要でございますな」

ナイトブレイズ公爵もクジャストリアの言葉を否定しなかった。それほどまでにリオニーは、人材不足の王国内において重要な存在となっていた。

——ほんとうは魔術研究の手伝いで借りたんだけど……というシルバーフェイスの声が聞こえた気がした。

一国の王にこうまで言わせたことの重さはリオニーもよくわかっている。だからこそ肩が震えたのだ。それは感激であり、畏《おそ》れでもある。

もし信仰の道を歩んでいなければ、この場で王国に永久就職を決めてしまいそうなほどの感動が彼女を襲っていた。

その様子を見て、信仰一途のリオニーをここまで感動させたクジャストリアの手腕に、ナイトブレイズ公爵が小さく唸《うな》っている。これぞ女王、とでも考えているのだろうか。

（……ああ、魔術を研究したいですねえ……ルネイアースの大迷宮が本物だといいですねえ……）

公爵が感心していることなど知らず、クジャストリアはただただ時間と自由を欲しているだけだったのだけれど。

◇

一方そのころ「白銀の貌《シルバーフェイス》」――いや、ヒカルは世界の壁を越えた向こうにいた。

綾乃の部屋は余計なものは置かれていない、殺風景な部屋だった。デスクにはノートPCが置かれ、ペットボトルやコンビニ弁当のゴミがまとめられてはいるものの、生活感のあるのはそれくらいで、シックな色合いに統一されたカーペットやカーテンが、ますます部屋を寂しく見せていた。

他の家具といえば大型テレビと、隣の部屋のベッドと衣装箪笥《だんす》くらい。新聞記者なのに本棚もなかった。

「私は、最初から浮いてて……『お嬢様大学出たヤツに社会部の記者が務まるのかねえ？』なんて言われてろくに仕事も教えてもらえなくて」

「……今どきそんな昭和な会社があるのか？」

「あるのよ！　辞書も百科事典も新聞もアナログじゃなきゃ気が済まない連中が！　全部スマホで調べられるのに！　知ってる？　ウィキペ●ィアって便利なサイトがあるんだけど」

「そりゃ知ってるけど」

バカにしてるのか？　と思ったが、綾乃から見ればヒカルは異世界人だったと納得した。それでも、自分が日本人で「異世界とこちらを行き来している」ことを確かめるための意味深な質問だったのかもしれない……と、ぞくりとしたのだが、

「いやちょっと待て。アンタ、新聞記者だろ？　ウィキペ●ィアで調べ物してるのか？」

「そうよ！」

「………………」

「なに？」

「……別に、なんでもない」

「なにその反応！　他の記者たちみたいでムカつく～！　いいじゃない！　紙の辞書をひくなんて時間の無駄なんだから！　要らないものは全部捨てればいいのに！」

ヒカルは納得した。この人は無駄なものをそぎ落としたいミニマリストなのだ。

それから綾乃はヒカルに自分の事情を話した。

綾乃は新聞社の中でまともに仕事をさせてもらえず、精神的に追い詰められていたということだった。自業自得の部分もひょっとしたらあるのではないかと思ったが、それを口にしても彼女を追い詰めてしまうだけなので黙っておいた。

そんななか、彼女が住んでいたこのマンションにセリカたち「東方四星」が入居した。綾乃は、これこそ神様が自分に与えた機会なのだと思った。毎日祈りを捧げていた甲斐《かい》があったと言う。

（毎日祈りを……？　ミッション系の大学とかに行ってたのかな、この人）

ふとそんなことが気になったが、それはともかく、綾乃はそのチャンスを活かすべく「東方四星」を観察し、写真も撮ろうと考えた。会社はもちろん、上司であるデスクたちにも相談せず特別なスクープ写真を撮ろうと動いたのだ。

「それなのにあの人たち、人から見られることを恐れてないっていうか！　街中をふつうに歩いてるからマンションで写真を撮っても価値がなくて！　魔法とか人前で使うしね⁉

バカじゃないの⁉」

「………………」

　アイツら、ふつうに街中歩いてたのかよ、ふつうに魔法使ってたのかよ、とヒカルは遠い目になる。まあ、一度騒ぎになったらもはや隠してもしょうがないし……彼女たちはメンタルがタフなのだとはわかっていたが。

「それならせめて写真の合成でもして、『異世界人に恋人⁉』みたいなスクープでもいいかなって思ったんだけど、そういや私、画像編集ソフトなんてまったく使えないんだったわ。ていうか写真の加工とか一度もしたことないし、よくわかんないし」

　フッ……とため息なんてついて遠い目をしている綾乃。

「……アンタが会社の中で浮いてるのは、アンタがポンコツだからじゃないのか？」

　追い詰めてしまうかもしれないから言わないでおこう、とか思っていたのに、思わず口にしてしまったヒカルである。

「ポ、ポ、ポンコツ⁉　ひどくない⁉　デスクと同じこと言わないでよ！」

　不幸体質でデジタルも苦手とくれば、新聞記者としてはだいぶ未来がなさそうだ。というか、どうして新聞記者になってしまったのかとも思うし、綾乃を採用した新聞社も新聞社だと思う。

「そ、そうだ！　その写真はあげるからその代わりにいろいろ教えてよ！　あなたも日本人なんでしょ？　どうやって向こうに行ったの？　田之上芹華《たのうえせりか》と同じように行ったの？　どうやってこっちの世界に戻ってきたの？」

がばりと食いつくように聞いてくる。そういうところは新聞記者らしい。

「ねえねえねえねえ！」

「あー、うるさい」

「ねえってば〜！」

執念深さも新聞記者の素質ではあるし、そういうところを見込まれて記者として採用されたのだろうか……。

「……おれの話はもう終わりだ。アンタからこの写真を回収した以上、もうおれはアンタには用はない。じゃあな」

「ちょっ、ちょちょちょちょっとちょっとぉ！　待ってぇ！」

ヒカルが立ち去ろうとすると、タックルするように背中にすがりついてきた。

「やっ、やめろ」

「やめないぃぃ！　ここまで話を聞いたんだから私を助けてよぉ！　それか向こうの世界に連れてってよぉ！」

「なんでそうなる！」

こんなポンコツ連れて行ったらすぐに死んでしまうぞ……と思いつつヒカルは彼女を振

り切った。

「う……うう。うぅぅぅ……」

彼女はその場に倒れ伏して、またもめそめそと泣き出した。

「ひぃん……うぅっ……うぅぅ……もうダメなんだ……私なんてポンコツは……」

「お、おい……？」

すすり泣きながらのそりと起き上がると、ヒカルに背を向けてノロノロと歩き出す。かぶっている帽子はずれて、着ているダウンジャケットもはだけている。

彼女は鍵を開けてベランダへと出て行った。

「え……？」

まさか、とヒカルは思った。

「おいおいおいおい！」

だけど彼女はそのまま手すりをつかむとぐいと身体を持ち上げ、足を掛けて身体を前に倒し——、

「待てぇぇぇぇぇぇぇ！」

ヒカルは猛ダッシュで後ろから飛びついて、彼女を室内に引き戻した。

「な、な、なにしてるんですか!?　4階の高さから落ちたらふつうに死にますよ!?」

思わず素に戻って叫ぶ。

「……だってぇ、もう死んだほうが楽になれると思ったんだもん……」

またメソメソし始める。

「あー、もう、わかりまし……わかった。わかったよ」

ヒカルは天を仰いでため息をついた。

「なにがわかったの……？」

「……なにか手伝えばいいんだろ。異世界のことは教えられないけど、逆にこっちの世界でなら……」

ヒカルはカメラを手に取った。

「——スクープの撮影なんてわけもない」

◇

黒塗りの高級車が停まると、そこから恰幅《かっぷく》の良い高齢の男が降りた。仕立ての良いダークグレーのスーツには金色のバッジがついている——この国においては「選良」とも呼ばれる、選挙によって選ばれた国会議員だけがつけられる議員バッジだった。

しかもこの人物は単なる国会議員ではなく、現在の内閣で財務大臣としての重責を担う人物だった。

東京の都心にありながらも静かな場所で、料亭が何軒も並んでいる。大臣は記者が張りついていないことを確認すると、車内を振り返り、

「土岐河《ときがわ》君、今日はもう帰っていいぞ」

そう声を掛ける。

「は。承知しました」

と答えたのは、車内の助手席にいる五十絡みの男だった。ひょろりとした体躯《たいく》をスーツに包んで、ロングコートを羽織ったままだ。きまじめそうに眼鏡の位置を直していると、運転手が後部座席の扉を閉めた。

大臣は寒そうに料亭へと入っていった。

「土岐河さん、お帰りになりますか？」

「いや。このまま料亭『あかさぎ』へ行ってください」

「かしこまりました。――まだお仕事ですか？」

「ええ、まあ。大臣が仕事をしないぶん、私がしなければならなくてね」

「おっと、聞かなかったことにしますよ」

運転手はそう言ったが、土岐河はにやりとしただけだった。

土岐河を乗せた車はそう遠くない場所に停まった。先ほどと似たようなたたずまいの料亭だったがこちらは坂の上にぽつんとあって、両隣はマンションだった。

車が去ると土岐河は周囲を確認する。通りがかる人間はいるものの、この辺りで働いているらしい会社員だけだった。

料亭に入ると、土岐河のコートを脱がせた従業員は彼の名前も確認せずに2階にある座敷へ案内する。彼が何度も来ていることがわかる対応だった。

「――先方がお待ちです」

「ああ、そうでしたか」

土岐河は襟元とネクタイを整えて中に入っていく――それに続いてもうひとり座敷へ入っていったが、土岐河はそれにはまったく気づかなかった。

中では小太りの男がひとり座っており、土岐河が入っていくとあわてて立ち上がる。

「どうも、お待たせしました」

「いえいえ、全然待ってませんよ。へっへっ、せんせもお忙しいのは重々承知しておりますから」

「止《よ》してください、先生などと。私は一介の秘書です」

「なにをおっしゃる。いよいよ次の衆院選では立候補されるんでしょ？　私どもも楽しみにしております」

揉《も》み手《て》をしながら話す男は、土岐河より少なくとも10は年上だろうが土岐河に対しては平身低頭という感じだ。

「それじゃ、せんせ。まずは一杯いきましょうか」

「いえ、私はお酒はいただかないので」

「あ、そうでしたね。へっへっ、では食事を……」

男が内線電話で食事を始めることを伝えると、コース料理が運ばれてくる。

従業員たちは土岐河と小太りの男に食事を出しているが──その部屋にいるもうひとり・・・にはまったく気づいていなかった。

（うーん、見事なまでにバレないな）

それはヒカルだ。手にはＩＣレコーダーとビデオカメラを持っていて、どちらも稼働中である。

ここまで近距離で、明かりの下ではちょっとどうだろうかという心配もあったのだけれど、「隠密《おんみつ》」の力は日本でも遺憾なく発揮されている。

一応、部屋の隅でひっそりとはしているのだけれど。

「それでですな、例のプロジェクトについてですが……実は困ったことがありまして」

従業員がいなくなったのを確認して男が切り出した。

このふたりについては事前に綾乃から話を聞いている。

──その料亭には財務大臣の秘書、土岐河が三日に上げず出入りしているんだって……。怪《あや》しいから調べて！　記者の勘よ！

綾乃の「記者の勘」が正しいのかどうかはともかく、土岐河の周囲には記者の影はなかった。

勘は外れているように見えるのだが、それには理由がある。

「Y県のプロジェクトについては大臣も非常に気にかけていらっしゃいます。公式発表まではごく少数の関係者しか知らないこととなります。私も日都新聞に探りを入れていますが、なにかに気づいた様子もありません。動くなら今のうちですよ」

「さすがは日都のエース。『社会派の星』」

「元ですよ、元」

土岐河は数年前まで日都新聞に在籍しており、スクープを連発していた記者だった。

そしてついたあだ名が「社会派の星」。彼が議員秘書になり、国会議員を目指すことになったとき、日都新聞は彼を全力でバックアップすると約束した。

逆に土岐河からは国会の情報を流してもらい、よきタイミングで記事化する……それって癒着《ゆちゃく》なのでは？　と思ったヒカルだったし、同じことを綾乃も思ってデスクに文句を言ったが、社会に警鐘を鳴らし、よい方向へ導く新聞社としては「なんの問題もない活動」だと言い切られたそうだ。

日都新聞は土岐河を守るために他紙の記者動向について土岐河に教え、土岐河は自分の都合のいいように日都新聞に情報を渡す——そんな関係ができている。

とはいえ、これまで土岐河はクリーンな活動しかしていないし、土岐河を「怪《あや》しい」なんて思っているのは日都新聞の中でも綾乃だけのようだった。だからこそ他紙の記者も動いていないのだ。

（ま、それであの人が満足するならいいか……）

結局綾乃が満足するかどうかがすべてなので、ヒカルはこうして料亭に忍び込んでいる。

目の前で自殺なんてされたら気分が悪すぎるので、それさえ回避できればいいという考えだった。

しばらくは当たり障りのない会話が続いたが、一通り料理が並ぶと、不意に土岐河の雰囲気が変わった。

（ん……？）

目が据わった、と言うべきか、ほとんどにらむような目で小太りの男を見据えたのだ。

「それで……先ほどの話ですが、御社のプロジェクトは進みが悪すぎるのでは？」

「うっ、おっしゃるとおりでして……」

土岐河の質問に、小太りの男はおしぼりで額を拭いた。

「藤野多町《ふじのたちょう》でどれだけ土地を確保できるかで、利益が大幅に変わるんですよ？　わかっているのですか？」

「は、はい、それはもう……」

藤野多町？　聞き慣れない地名だったが、確かY県にある町名だとヒカルは思い出す。それに「利益」という言葉……急にきな臭くなってきたぞ。

「総理の肝いりのDXプロジェクトです。確実に実行されますし、来年の衆院選後には新たにDX担当大臣が任命され、本プロジェクトは一気に進みます」

「はい、重々承知しております」

話を聞くに、どうやら藤野多町をまるごとデジタル化（DX）するような試験的プロジェクトらしく、巨額の税金が投下されるようだ。

町の手続きはすべてスマホ1台で済むようになり、タクシーは自動運転でいつでも呼び出し可能、支払いは電子マネーになり現金を扱わない、などなど。

IT企業のサテライトオフィス誘致も進める予定であり、土地を持っていれば国が高く買ってくれることは間違いない。なので今、安い金額で土地を買っておけば差額でボロ儲《もう》け……というわけだ。

「そのう、せんせ、疑うわけじゃあないんですが、ほんとうに藤野多町が候補地なんでしょうか？　あそこはだいぶのんびりした田舎ですよ？」

「数ある候補地のひとつです。が、総理はもう藤野多町に決めておられるので確実に選ばれます」

「確実！　さようですか、結構なことですな。そうして土岐河先生もここで資金を稼いで、衆院選に打って出ると……」

にやりとして小太りの男が言った。

（なるほど……内閣に食い込んでいる土岐河は、機密情報を仕入れ、それを使って金儲けをする気なんだな。財務大臣はこのことを知っているのか？　いや、裏で糸を引いているのか……きっと財務大臣にも資金が回るようになっている）

なにが「社会派の星」だよ、と呆《あき》れてしまう。ただの汚い大人だ。

土岐河は神経質そうに眉根を寄せると、

「……私のことはいいのです。それより用地買収のどこに問題があるのですか」

「ええと、はい。藤野多町には大地主の堂山《どうやま》というジイさんがいるのですが、このジイさんがなかなか手強《てごわ》くてですね……」

「余計な話は必要ありません。土地の売却を断る理由はなんですか？　あなたの会社のことですから、いろいろな手を使ったのでしょう。単純に金だけではなく、女はもちろん、家族のほうから働きかけたり」

小太りの男の手腕については土岐河も評価しているらしい。

（こいつが何者なのか、後で聞いてみよう）

ヒカルが思っていると、小太りの男は額を拭きながら、

「……ええ、堂山が言うには代々『山を守っている』のだと。そのために土地は売れんのだと」

「や、山を守る？　現金さえなくしてデジタル化しようという時代に、山岳信仰ですか？　冗談でしょう……いや、そんな理由を盾にしてなにか別の理由があるんでしょう」

　さすがに土岐河も驚いたらしい。

「いえ、これが！　どうやら本気のようでして……山を守るには地元への影響力が必要で、それには平野部の土地も持っておくべきだという発想で。いやはや、頭のおかしな老人が相手なので難しいのですわ。家族は息子夫婦がおるのですが、最近はまったく見かけなくてですな、使用人を雇って豪邸でひとり暮らしです」

「ううむ……。この動きに気づいている他の業者はいませんね？」

「はい、いません」

「あなたの会社から漏れたりしたら大変ですよ」

「そこについては私どもも慣れております……」

　ふたりの会話を録画していたが、会食はそれから10分ほどで終わりとなった。土岐河は小太りの男に改めて、慎重かつ速やかに用地買収を進めるようにと念を押したのだった。

　部屋を出て行くふたりとは違い、ヒカルは窓から外へと飛び降りた。夜も更けた都心の路地裏を照らすのは、不夜城のように今も明かりの点いている高層ビルだった。

（……「山を守る」、か）

政治家の秘書が悪だくみをしていたとしてもそれほど気にはならなかったが——老人のことはすこしだけ気になった。

話し込んでいた土岐河と、小太りの男は「山を守る」なんていうのはなんの役にも立たない無意味なことだと思っているようだったけれど、世界を越えて、いくつもの神秘を目にしてきたヒカルには老人の話に信憑性《しんぴょうせい》があるように感じてしまうのだ。

◇

「……え？　な、なにこれ!?　どうやって録《と》ったの、こんなの！」

ヒカルが録画してきたデータを見せると綾乃は叫んだ。

ここは綾乃の部屋ではなく、綾乃のマンションからほど近い公園だった。

あと1時間で夜明けという時間帯。無人の公園にヒカルと綾乃のふたりだけがいる。

刺すように冷たい空気だったけれど、その寒さも忘れたように綾乃の頬は紅潮《こうちょう》している。

「これでアンタの言うスクープになるだろ？」

「そ、それはそうだけど！　なんていうか……まるで、同じ部屋の中にいて撮影してるみたいじゃない！」

そのとおりだ。

「アンタはデジタルツールに疎《うと》いみたいだけど、いまどきのカメラならこういうことだってできるんだよ」

「マ、マジで……？」

大ウソだ。

「ともかく、これでおれの写真のことは忘れてくれ。とは言ってもこのスクープは今すぐには記事化できないだろうけど」

「え？　どうして？　記事化するけど？」

「アンタは自分で言った言葉を忘れたのか？　土岐河は日都新聞に太いパイプがあるんだって。こんなネタが持ち込まれたらすぐに土岐河の耳に入るだろ」

そうなればこのスクープは握りつぶされるだろうというのは、誰が考えたってそういう結論になるはずだ。

だけれど綾乃は、チッチッチッと指を左右に振った。

「違うんだなぁ～。新聞や新聞記者は『社会の木鐸《ぼくたく》』なんて呼ばれるほどに、高潔で、人々を正しい道へ指導する存在なのよ！　土岐河氏が日都新聞のＯＢであろうと、ここまで明確な証拠があれば我が社は動くわ！　時の財務大臣秘書が、極秘情報を利用してお金を儲《もう》けようとしたなんて絶対に許せないじゃない！」

「そりゃまぁ、そうだけど……」

綾乃の言っていることは正しいが、理想論にすぎない。そんな理想論が通るのならとっくに土岐河と日都新聞のパイプはなくなっているはずだし、土岐河の調査や取材がタブーになんてなるわけない。

（この人はほんっとうに新聞記者に向いてないなぁ……）

頭が痛くなってくる。綾乃は目の前のスクープに気を取られてしまって合理的な判断ができなくなっているのだろう。

「はぁ……アンタがそれを何に使おうと自由だけど、おれはもう知らんぞ」

「えっ、まさかこのまま『バイバイ』なんてことないわよね!? あなたの能力って絶対新聞記者向きだから、私と組んでもっと大事件をスクープしない!?」

「興味ない」

「えええ!?」

「まさかおれが今後も手伝ってくれると思っていたのかよ……」

「だ、だって！　今回の話だって、堂山っていう老人がひどい目に遭おうとしてるのよ!? あなたはそれを知って放っておくの!?」

「ひどい目に遭うなんて一言も言ってないじゃないか。正式な手法で土地を買収しようとしているだけだろ」

「この老人が断り続けたらきっとすんごいことになるのよ！」

「『すんごいこと』って……アンタ、新聞記者ならもうちょっと語彙《ごい》はないのか？　堂山老人だって、どんな人かは知らないけど、損得勘定で最後は土地を売るんだろ」

「……売らないと思う」

ふとその瞬間――綾乃の視線がヒカルから外れ、なにかを考え込むような仕草をする。

「先祖代々、神聖なる山を守ってきた人なら、その価値がお金に換えられないことくらいは承知しているのよ。人の信仰に土足で踏み込んでくるような輩《やから》は排除されるべきだわ」

「………………」

今までの、どちらかというと「アホっぽい」綾乃とは思えないほど、今の言葉は深くヒカルに響いた。

そして綾乃と同じように「そうかもしれない」と思っている自分がいた。

「……気になっていたんだが、アンタはなにか特定の宗教を信じているのか？」

「え？　なになにどうしたの？　ついに私に興味が湧いてきた!?　やっぱりあなたは私と組んでスクープを連発する運命なのよ！」

「今の話はナシ。忘れてくれ。アホと話すのは時間の無駄だ」

「ちょっ、アホってなによアホって！　いいわよ、見てなさい！　今日……はもう無理だけど、明日の日都新聞朝刊一面にこの記事を載せてやるんだから!!　必ず読みなさいよ！」

ぷんぷんと肩を怒らせて綾乃は去っていく。

「……ほんっとうに新聞記者には向いてない人だな。いや、あれくらい情熱がある人のほうが向いているんだろうか……」

ヒカルは頭をひねったがわからなかった。

その翌日、日都新聞の朝刊はもちろん、夕刊にも、さらに翌日の朝刊にも土岐河に関する記事が載ることはなかった。

「………………」

最近では販売されているところを見るのも、実際にそれを読んでいるのを見るのも少なくなった新聞だけれど、ヒカルはコンビニで買った日都新聞を、畳んでテーブルの横にどけた。

あれからなしのつぶてだ。ヒカルが今いるのは「東方四星」が滞在していたマンションで、ここに滞在するつもりはなかったのだけれど、佐々鞍綾乃のことが気になったのもあり、結局滞在することにした。「東方四星」４人の生活感が残っていたり、散らかっていたらあきらめたところだったが、実際にはさっぱりと清潔だったのでその点では住みやすかった。なんとなく「この世界に痕跡をあまり残さないようにする」ふうな感じがあって、ヒカルもまた同じように、あまり汚さず、きれいに過ごしていた。

だというのに、1階上の佐々鞍綾乃の部屋には人の気配がない。

彼女はあれ以来帰っていないようなのだ。

「……ヒカル？　いい？」

そこへ、ラヴィアの声が掛かった。

「ああ、いいよ――」

視線を向けると、着替えを終えたラヴィアが部屋から出てきた。

袖の透けたブラウスに、ひらひらのスカート。あちこちにリボンの装飾があるが、カラーリングはすべてブラックだ。

膝上までのニーハイと、スカートの間に存在する絶対領域の白さがまぶしい。

ラヴィアの青みがかった銀色の髪を、黒のリボンが可愛らしく引き締めている。

「ど、どう？　やっぱり変⁉　変だよね⁉」

「……ヤバい」

「ヤバいくらい変ってこと⁉」

「めちゃ可愛い……」

「――えっ」

ヒカルは思わず口に手を当ててうめいてしまった。

日本でも特徴的な地雷系ファッションだったが、ここまでラヴィアに似合うとは思わなかった。

実のところ、ヒカルとラヴィアが外に出ても「隠密《おんみつ》」を使っていれば他の人に気づかれることはほぼない。

だけれど、このスマホ社会だ。いつどこで誰がカメラを向けていて、偶然写り込まないとは限らなかった。

というか実は一昨日、写り込んでしまった。土岐河の撮影をするべく移動中の、明らかに冒険者然としたヒカルの姿が。

しかもそれが運悪く動画配信者のカメラだったものだから、「都市伝説」だとか「新たな異世界人」だとか「冒険者コスプレ」だとか言われて少々話題になってしまい――ヒカルはこちらの世界での服を買う必要を痛感したのだった。

で、昨日、大急ぎでネットで注文して届いたのがついさっき、というわけだ。

地雷系ファッションは目立つ。だけれどデメリットがただ目立つだけならば「隠密」でカバーできる。仮にどこかのカメラに写り込んでも「こんな派手な人いたっけ？」という感じで終わるだろう。

地雷系ファッションなら派手な色の髪でもおかしくない。

なんというか、ラヴィアの美しい銀髪も、深い湖のような青い目も、黒く染めたりカラコンをつけたりするのは「違う」とヒカルは思ったのだ。

「すばらしい……この姿を他の人に見せられないことが残念だよ……！」

「も、も～……」

手放しで褒められ、不安から一転して照れまくるラヴィア。

ちなみにこの地雷系を選んだのはラヴィア自身だったりする。「これすごく可愛い。でも……わたしなんかには似合わないよね……」なんてしょんぼりしていたので、ヒカルは気づけば服装一式をカートに入れて購入ボタンまで押していた。

そういえばクレジットカードの名義はセリカだったようだが、気にしたら負けだ。セリカだってラヴィアが可愛くなったらきっと喜ぶはずと、謎の納得をするヒカルである。

「……ヒカルも、なんか雰囲気違うね」

「そうかな？」

ヒカルの服も買ってあった。

柄物のロングシャツにジーンズ、シルバーのアクセサリーをいくつか。こういうアクセサリーはほとんどつけたことがなかったのだけれど、ラヴィアが変身するので自分もたまにはやってみようかなと思って身に着けると、意外とテンションが上がった。

「ふふっ、ようやくこれでデートができるね」

「う、うん……」

ストレートにラヴィアから「デート」という言葉を聞くとヒカルも照れた。「服が届くまではおとなしくしてたほうがよさそう」と、昨日はずっと家でふたりでまったり過ごしていたから、それはそれで「おうちデート」みたいなものかもしれなかったけれど、やっぱり外に出るのは気分が違う。

ちなみに一日ダラダラしていたので久しぶりにネットサーフィンなんぞしてみたら、「東方四星」の話題であふれていた。セリカ、ソリューズ、シュフィ、サーラの名前はもとより「東方四星」のパーティー名も知られている。

あいつら、オープンにしすぎだろと思うヒカルである。

ついでにヒカルが撮影して、セリカに渡しておいた向こうの写真の一部がアップされており、クジャストリア女王陛下の写真まで全世界に公開され、そのたたずまいや、服の美しさなどが絶賛されていた。

「クジャストリア女王陛下に踏まれたい」とか「美少女の女王とか異世界に移住するしかない」とか、ヤバそうなコメントも大量についていたけれど。

異世界に関する検証動画なんてものも多くあり、ストレートに「異世界検証チャンネル」みたいなものもあれば、中には『『東方四星』様にいつか会いたいチャンネル」だとか「クジャストリア女王陛下に謁見《えっけん》が実現するまで帰れないチャンネル」だとか、ふざけたものも多かった。ついつい見てしまったけれど。

「ね、ヒカル。それじゃ外に行こっ！」

「うん——」

ヒカルはちらりと日都新聞を見たが、ラヴィアについて外へと出た。

外は年末らしく乾燥して冷たい風が吹いていたが、アウターを着れば温かだった。ラヴィアはオーバーサイズのダウンジャケットでもこもこしており、ヒカルはレザージャケットだった。

ふたり合わせて結構な金額になってしまったけれど、ゴミ屋敷だった「東方四星」のアパートメントを掃除してあげたのだからこれくらいは許されるだろう。

「さて、どこに行きたいんだっけ？」

「まずは映画館！」

「了解」

ラヴィアとふたりで日本の都会を歩いて回る。

「隠密《おんみつ》」を使えば他人の目を気にする必要もない。

酷寒の東京であっても人々は多く歩いていて、平日のためかスーツ姿が多い。彼らの仕事が、いわゆるあちらの世界での文官や執事、番頭に相当するものだと聞いて、ラヴィアは驚いていた——そんなにこなすべき仕事が多いのかと。

一方で感心もしたようだ。それほど多くの人たちが関わっているからこそ見上げるほど巨大なビルを建設できる——たかだか数年で建ててしまうことにも驚いていたようで——というのも納得だと。スケールの大きい、抽象的で複雑な話だというのに、ラヴィアがそれをすんなり理解できたのはかねてからラヴィアが本の虫だったことも大きいのかもしれない。ヒカルはひたすら「頭のいい子だなぁ」と感心した。映画館で見た邦画も、当然日本語で話されているのだけれど、ちゃんと中身を理解できていたようだった。

「おもしろかった～」

映画が終わると、カフェに入ってお茶をする。ドリンクを買うときこそ「隠密」を解かねばならず、ラヴィアは「えっ」と二度見されていたけれど——まあ、可愛いから当然だけどねとむしろ鼻が高いヒカルだった——席につくと「隠密」を使うので他人からの視線はない。

観た映画は「東方四星」のサーラがお勧めしていたもので、ラブロマンスだった。映像がキレイで、男女のやりとりやすれ違いがもどかしく、「あ～～～～なにしてんだよ！」と頭をかきむしりたくなるような展開まであってストレスがマッハだったけれど、ハッピーエンドなのだけはよかった。

「どこがよかった？」

僕は頭をかきむしりそうになったけど、とは言わずにヒカルがたずねると、

「うん……あのね、誰かをここまで好きになれる人がいるんだって思えたのがよかった。あっちの世界だと、結婚だって自分の思いのままにできることなんて少ないんだし……」

「……そっか」

意外な着眼点に驚くと同時に、納得もした。

純粋な恋、みたいなものが成立するのはこの日本が平和だからだと気がついた。

「サーラさんがあの映画をオススメしたのは意外だと僕は思ったね」

「そうかしら？　サーラさんって、『東方四星』でいちばん純情なのだと思うわ」

「え、えぇっ……？」

のほほんとして、ただの自由人だと思っていたのだが。

「ふふ。ヒカルは女性を見る目がまだまだだね」

「うーん、あのパーティーメンバーの中で考えるとそうかもしれないけれども……」

常に身ぎれいにしているが腹の中ではなにを考えているのかわからないソリューズに、「純情」よりも「火の玉」と言いたいセリカ、信仰に対しては一途で「純粋」なシュフィ。

そう考えるとサーラが「純情」なのは納得できる——。

（いや、どうかなあ？）

そこまで考えても「サーラ」と「純情」が結びつかないヒカルである。

「じゃ、次はどこに行こうか」

とヒカルが言いかけたときだった。

「──お前年末はY県に帰るの？」

「──いや、今年はこっち」

近くのテーブルでの会話が聞こえてきて、「Y県」という言葉に思わず反応してしまった。

「……ヒカル？」

「ああ、ごめんごめん。次、どこに行こうか」

とヒカルは言ったけれど、ラヴィアは「ふー」とため息をついた。

「……あの新聞記者さんのことが気になってるんでしょ」

「うっ」

佐々鞍綾乃とのやりとりについてはすべてラヴィアに話してあった。日本の社会システムについてはまだまだ理解が追いついていないラヴィアだったけれど、それでも綾乃の行動が「危なっかしい」と感じられたようだった。

「日都新聞……だったっけ？」

「いや、まぁ、僕が気にしていないと言ったらウソになるけど、そこまでめちゃくちゃ気にしてるってわけじゃなくて」

「いいよ。わたしもこの世界の新聞記者に興味があるし」

「……えっ？」

「ヒカルがわたしのためにこっちの世界での時間を作ってくれるのはうれしいけど……それでも、なにか大きなトラブルが起きるかもしれないときに放っておける人じゃないってこともわかってる」

出会ってからそれほど長い年月を過ごしてきたわけではないけれど、ラヴィアはヒカルのことをよくわかっているようだった。

もはや、出会ったときの深窓の令嬢ではないのだ。

立ち上がった彼女は微笑《ほほえ》んだ——それは令嬢の微笑みではあったけれど。

「その新聞社に、忍び込んでみない？」

ずいぶん大胆な子に育ったらしい。

◇

日都新聞本社は皇居からほど近いところに自社ビルを構えている。オフィスビルといったたたずまいで、ビルの壁面に日都新聞の社章である緑の円に「都」の字がなければ、それとわからないものだった。

入り口にはガードマンが配置され、一般的なオフィスビルよりも警備が厳重であることがわかる。だけれど数多くのガードマンも、ＩＣカードを通さなければ入れないゲートも、ヒカルとラヴィアにとってはあまり意味がない。「隠密《おんみつ》」を利用して、入館する他の人に紛れるだけで中に入れるのだ。

もちろん監視カメラにはヒカルとラヴィアの姿は残ってしまうだろうけれど、騒ぎでも起こさない限りは録画データを調べられることはない。

「ここが佐々鞍さんが所属してる、社会部のあるフロアか」

新聞記者というと、くたびれたスーツを着て、磨《す》り減《へ》った靴を履いて、使い込んだ手帳を持って歩き回っている……みたいなイメージがなかったと言えばウソになる。だけれど現代の新聞記者はもっとスマートだった。

会社員よりはカジュアルだけれどちゃんとしたスーツやジャケットを着込んでおり、タブレットＰＣにノートＰＣ、スマートフォンにＩＣレコーダーを駆使して取材しているようだ。

デスクに置かれた大量の紙資料だけは一般的なオフィスとは異なるかもしれないけれど、違いはその程度であり、雑然と忙しそうな気配はあったものの、何日も家に帰っていないような者もいなければタバコの煙も漂っていなかった。

建物だけは古かったけれども。

「――行ってきます！」

取材に飛び出す記者にぶつかりそうになりながら、ヒカルとラヴィアは社会部のエリアにやってきた。

主に事件や事故を追う部署で、社会問題に取り組むことから「社会部」だ。

土岐河秘書の疑惑は政治事件なので、本当なら「政治部」記者の仕事となる。

綾乃はそんな区別もついていなかったのか、あるいはスクープならなんでもよくて、自分の存在意義を見せつけられればそれでよかったのか。

社会部に入ると、大きなホワイトボードに記者の名前がずらりと並び、今日の行動予定が書かれていた。「●●時帰社予定」とか「終日取材・N県N市放火事件」とか。

「ヒカル、あれ」

ラヴィアが指差したところに「佐々鞍」の名前があったが、その横は空欄だった。空欄になっている記者は他にいなくて、休みなら休みで「休」と書かれている。

「え……なんでなにも書いてないんだ？」

「どういうことかな」

「わからない……」

最後に公園で会ったときの綾乃の様子なら、ヒカルが録画したデータをすぐにも会社に提出したはずだ。記事化するために。

記事にならなかったのは、まだ証拠が足りないから裏付けを取るために記者として動いているという可能性もあった。むしろそう考えるのがふつうかもしれなかった。こんなふうに「空欄」なんてことはないはずだ。

「——佐々鞍はどこ行ったんだ……」

「!?」

いきなりヒカルの真後ろで声がして驚いた。いくら「隠密《おんみつ》」を発動しているとはいっても、これくらい近いと気づかれることもあるのであわてて離れる。

そこに立っていたのはややラフな服装の中年の男で、苦々しい顔でホワイトボードをにらみつけている。

「ああ、デスク。まだ気にしてるんですか？　佐々鞍は辞めたんでしょ」

通りかかった若い記者らしき男が言うと、ニットの中年男性——社会部のデスクはそちらを見た。

「ありゃ簡単に辞めるようなタマじゃないだろ」

デスクとは「デスクでの仕事が多い」からついた呼び名だという。記事内容をチェックしたり、記者たちの取材を指揮したり、マネジメントする立場だ。

ここのボスとも言える。

「俺もそうかなって思ってましたけど、なんか限界が来たんじゃないっすか？　大体、いつでしたっけ？　佐々鞍って確か入院してましたよね……なんか事故で昏睡《こんすい》状態とかなんとか」

「2か月くらい前だったか」

入院していた正確な時期も知らないのか？　少なくとも同年代の同僚だろうが……と言いたくなるのを、デスクはぐっとこらえる。

「あー、そんくらいでしたっけ。俺の友だちもバリバリ働いてるのかと思ったらいきなり音信不通になって、なんか鬱《うつ》になって休職中みたいなのもいましたし」

「……佐々鞍は違う。お前、アイツと同期だろ？　連絡はないのか」

「昨日デスクに言われたからL●NEで連絡入れましたけど、なんの返事もないっすよ。既読もついてないし」

「ふむ……」

「実質、佐々鞍は稼働してなかったようなもんだし、デスクも気にしすぎじゃないっすか？　あれ？　そういやデスクって……なんか佐々鞍と1対1で話してましたよね。あれって流行のワンオンワンミーティングってやつかと思ってましたけど、もしかしてなんか深刻な相談とかだったんですか？」

病欠は気にしないのに、社内でのそういう動きはチェックしている。彼も立派な日本の社会人だなとデスクは内心でため息をついた。

「……いや、そういうんじゃない。もし佐々鞍から連絡があったら教えてくれ」

「はあ」

デスクは若い記者から離れていき、若い記者も首をかしげながら去っていった。

「ヒカル、今の話ってどういうこと？」

すでに資料棚の陰に隠れていたヒカルとラヴィア。

「佐々鞍さんはあのデスクに、土岐河のことを話したんだろうね。で、デスクはおそらく記事の掲載を拒否した……」

「拒否？」

「うん、記事が掲載されていないからね。仮に、追加の調査が必要でまだ記事化していないのだとしたら、佐々鞍さんとデスクが連絡を取れてないってのはおかしい。さっきの様子だとデスクは佐々鞍さんが持って来た情報を知っている。デスクと佐々鞍さんの話し合いは決裂したって考えるほうがしっくりくる」

「なるほど……。それじゃ佐々鞍さんはどこに？」

「うーん……どこに行ったんだろ」

「いなくなっちゃったってのが気になるよね。すこし待ってみる？　今のところ手がかりになりそうなのってあのデスクって人しかいないし」

ここで時間を使ってしまうとラヴィアがこちらの世界で遊ぶ時間がどんどん減ってしまう。ふたりがいられる日数は限られているからだ——セリカがうるさいので。

「……いいの？」

「もちろん、いい。わたしも新聞社がこんなに大きいって思ってなかったから、見ていておもしろいし」

「ありがとう」

心底そう思っているらしいラヴィアに感謝しつつ、綾乃が、さっきの若い記者が言ったとおり「なにもかもイヤになって辞めた」のならどうしてくれようかと思うヒカルである。

すると、

「おい、ちょっと出てくる。30分で戻るから」

デスクが立ち上がって近くにいた記者に声を掛ける。

「どこ行くんです？」

「政治部だ」

思っていたよりも早く事態が動き出した。

「ラヴィア」

「うん、行こう」

ヒカルとラヴィアはデスクの後を尾《つ》ける。

はたから見たら、新聞社のデスクの後ろを、シルバーアクセをつけた少年と地雷系ファッションの少女がついていくという異様な光景なのだが、誰も彼らに注意を払わなかったのはもちろん「隠密《おんみつ》」のおかげだ。

「――ちょっといいですか」

「――ああ、今行きます」

1フロア上にある政治部にやってくると、同年代らしき政治部のデスクに声を掛ける。

こちらは恰幅《かっぷく》がよく、金縁の眼鏡を掛けていた。

ふたりが向かったのは喫煙所だ。

ガラス張りの、小さな密室だ。他に社員はおらず、中央に置かれたスタンドテーブル兼排煙装置がゴーッと空気を吸い込んでいる。

「うぅ……変なニオイがするよ、ヒカル」

「一応空気は循環してるようだけど、ニオイは消えないからねえ」

タバコに火を点《つ》けたふたりが声を潜めて話す。

「例の話ですが……先生には？」

「伝えましたよ。ですが根も葉もない話だと怒られました。おかげで私の心証は最悪ですよ」

「否定、か……」

「どうなってるんです？　おたくの佐々鞍が言ってきたのはガセネタだったたってことじゃ

ないですかね。土岐河先生はたいそうおかんむりでしたよ」

どうやら綾乃の話はデスクに握りつぶされたどころか、政治部のデスクを通じて土岐河に伝わっているらしい。

「……ガセネタだと、そうなるんですかね？」

「そりゃそうでしょうよ。録画した映像ファイルがあると先生に伝えましたが、そんなものあるわけがないと。ほんとうに見たんですか？」

「ええ、まあ……見ましたね」

社会部のデスクは歯切れ悪く言う。

「ではその映像ファイルはどこに？」

「……佐々鞍が提出せずに雲隠れしたんですよ」

「雲隠れ、って……ネタを押さえなかったんですか」

「いや、まぁ……ううむ、記事化を約束しないと提出しないと言うので。そんな約束などできるわけがない」

「それで、どんな映像だったんですか」

「先生と丸見川《まるみがわ》エステートの社長が会食してる映像ですよ。佐々鞍は隠し撮りしたと言っていましたが……あまりに鮮明で、堂々としすぎてて」

土岐河と会食していた小太りの男は「丸見川エステート」という会社の社長らしい。社名からするに不動産業者かとヒカルは推測する。

「それ、フェイクじゃないですか？」

「フェイク……？」

「ええ、今ならＡＩを使えばかなり精巧に映像を作れますよ。ファイルを提出しなかったのは、しっかり調べたらフェイクだと見破られるとわかっていたんだ」

「むむ……」

「なんにせよ映像がなきゃ話にならんでしょう。私はこれで失礼する」

「わ、わかりました」

残された社会部のデスクは、灰皿にタバコをこすりつけると、ハァーッと大きく息を吐いて後から出て行った。

「…………」

「……ぷはーっ」

ラヴィアは最小限の息しか吸っていなかったようで、喫煙室を出るとすぐに深呼吸した。

「大丈夫、ラヴィア？」

「う、うん……なんだか苦手なニオイだったわ」

こちらの世界の情報をほとんど知らないラヴィアにヒカルは内容を説明しながら、自分でも頭の中を整理した。

「土岐河は自分が撮影されたという情報を得ているけど、いよいよ言い逃れができないところまではしらばっくれるタイプの人間なんだろうね」

思っていた以上の狸《たぬき》だ。

「問題は佐々鞍さんだけど……僕に大見得を切ったことを考えると、彼女の性格的に――」

「性格的に？」

「……ひとりで行動してるんだと思う。デスクが動かないなら日都新聞に自分の味方はいないと考えるだろうし、そうなるとひとりでやるしかない」

「ひとりでなにができるのかしら。土岐河って人を調査しているとか？」

「いや……土岐河に情報が渡った以上は、彼は動かなくなる。この場合、動きがある場所へと行くはずだ」

ヒカルは言った。

「佐々鞍さんは今、Y県にいるんだと思う」

◇

ヒカルの推測を裏付けるものが綾乃の部屋に残されていた。それはY県の地図だった。

あちこちに印が付けられていたが藤野多町に印が密集していた。

そんなものを見てしまった結果、どうなるかといえば。

「……なんかほんとに、ごめん」

「どうして？　大都会もおもしろかったけど、日本の田舎ってところも見てみたいわ」

「君はほんとうに……いい子だなぁ」

「ふふ。ヒカルは今さら気がついたの？」

ヒカルとラヴィアは翌日、Y県の藤野多町にやってきていた。

「でもヒカルこそ、よかったの？　あんなにばたばたとご両親に会っただけで……」

今日の早朝、こちらの世界に来たのだからとヒカルは両親のところに顔を出してきた。

両親は喜んでくれて、せっかくだからいっしょに過ごさないかと言ってくれたのだけれどヒカルはヒカルで喉に刺さった小骨のような綾乃の案件を片づけてしまいたかったし、父もようやくちゃんと仕事を再開しようという気になったところのようだったので、邪魔するのも悪いからと早々に別れを告げてきた。

両親はひどく残念そうだったけれど、気になるのは、ヒカルよりもラヴィアといっしょにいられないことがいっそう残念なのでは？　と思えたことだ。

「……？　どうしたの、ヒカル」

「君は世界を越えて人を魅了してしまうんだなって……」

「え、ええ⁉　な、なんのこと⁉」

「いや、こっちの話。──それにしてもこっちは寒いね」

町内にはうっすらと雪が残っていて刺すように冷たい風が吹く。予報では数日は晴れるが、いつまた雪が降ってもおかしくないという。

開けた町は閑散としており、近くに山の稜線が見えている。東京にいればまったく見ることのない景色にラヴィアは興奮していた。

「ヒカル、あそこの山にはどんなモンスターがいるの⁉」

「モンスターはいないな」

「なるほど。だから山のすぐそばにまで建物があるのね！　待って……山の中腹にも塔がある⁉」

「あれは塔は塔でも送電塔だね。人が住む建物ではないな」

向こうの世界では、山にはモンスターやら盗賊やらがいるので、山の近くに人が住むことはない。

よほど良質の木材が採れるとか、水の便がいいとか、鉱山が近いとかいう場合に限り、木を切り倒してある程度土地を開いてから村落を作るのだ。

「しかし、人が少ないな」

藤野多町のＪＲ藤野多駅前には数台のタクシーが止まっているだけで、横断歩道のピヨッ、ピヨッという音以外には鳴るものもなければ人もいなかった。
オフシーズンの観光地や、そもそも観光地でもない地方都市はこんなものかもしれない。

「そう？　わたしはこんなに建物があってびっくりしてるけど」

「建物は多いな」

駅前の商店街はシャッター街だったりするけれど、銀行や携帯電話キャリアの店もあり、まだオープンしていないだけで居酒屋もある。時間によっては人が行き来しているのだろう。日中ど真ん中のこの時間には誰も歩いていないだけで。

「まずどこから行こうか？」

「んー……佐々鞍さんが行きそうな場所か」

ヒカルとラヴィアが藤野多町までやってきたのは、もちろん、綾乃を捜すためだった。土岐河になにか動きがあるかはわからなかったけれど、綾乃に危険が及ぶような……そんな「直感」が働いたのだった。

綾乃の自業自得だと無視できるなら、最初から関わらない。毒食らわば皿まで、乗り掛かった船、なんと言ってもいいけれども、綾乃にこの案件から手を引かせる。それで自分の気持ちは晴れるだろうとヒカルは思った。ラヴィアも藤野多町に行くのに乗り気だったことも大きい——彼女はほんとうに、日本の地方都市を見てみたいようだった。

一応、近くに温泉地もあるので、もし仮に綾乃を見つけられなかったら温泉に浸《つ》かって帰ろうという考えもあった。

「まずは丸見川エステートだな」

土岐河が会食していた小太りの男は、日都新聞でデスクが話していた通り丸見川エステートという会社の社長で、ネットで検索すると写真が出てきた。

本社はY県の県庁所在地にあり、藤野多町にも支店がある。

駅前の商店街を抜けた先、小さな公園に面した平屋の建物が丸見川エステート藤野多支店だった。

「……閉まってるのかな」

平日の昼だというのに店の明かりは落ちていた。正面のガラスに張られた不動産広告の向こうは暗闇に沈んでいる。ヒカルの「生命探知」でも人の反応はなかった。

ちなみに「魔力探知」は意味がない――日本人で魔力を持っている人はいないからだ。

日本に来てからはもっぱら「生命探知」のお世話になっていた。

「休業の張り紙もないし……なんだか変だな」

「中に忍び込んでみる？」

「え？　い、いや、ここはもういいかな」

「ん」

さらっと「忍び込む」という言葉が出てきているが、日都新聞での情報収集と違ってここでは緊急性はない。確証もないのに不法侵入をする気にはならなかったし、もしやるなら鍵を壊すことになってしまう。

「あと、行きそうなのは……」

ヒカルはラヴィアとともに、遠目に見える山嶺《さんれい》を見やった。

山を守る老人、堂山という人物のところだろう。

◇

「ほれ、あそこが堂山さんのお屋敷だよ。ひとりっきりで暮らしてるちょっと変わったお爺《じぃ》さんだけど、人はいいんだ。何人もハウスキーパーさんや庭師さんが入って手入れしてるから、中はすごいと思うよ」

タクシーの運転手が言った「お屋敷」という言葉がしっくりくるほどに——長い長い塀が続いており、邸宅の目隠しのためか木々が塀の上に顔を出している。

「うわっ、ほんとうに地元の名士なんですね」

「はっはっは。お客さん、ほんとに新聞記者なの？　堂山さんを取材に来たんならそれくらい調べてるのかと思ったけど」

「失礼ね！　正真正銘の新聞記者よ！　ほら、これが名刺！　ね！」

「え、えぇっ？　別に本気で疑ったわけじゃ……」

佐々鞍綾乃と名前の記された日都新聞社の名刺を、料金とともにタクシーの運転手に押しつけた。

正面入り口は木製の門になっていて、それは閉じられており、横に通用門とインターフォンがあった。

その手前でタクシーを降りた綾乃は改めてお屋敷を見やるが、外からでは中はうかがい知れない。

「ここに……『山を守る』ことを信じる老人がいる」

彼女は軽装だったけれど、肩から一眼レフのカメラを掛けていた。新聞記者にとっての「武器」とも言えるかもしれない。

「よ、よぉし、それじゃインターフォン押そうかなぁ……ああ、緊張する！　っていうかなんで新聞記者ってこんなふうに知らない人といっぱい会わなきゃいけないんだろうね⁉　いやんなる！」

日都新聞の他の記者が聞いたらあきれ果てそうな独り言を言った綾乃は、通用門のインターフォンに近づいていった。

「……ん？」

門の戸がうっすら開いている。閉め忘れたのだろうか？　と一瞬思ったが、

「石が挟まってる。ロックされないように誰かが挟んだんだわ」

なんだか妙な気配だと思った綾乃だったが、ここでインターフォンをバカ正直に押すのではなく、こっそりと戸を開いて中の様子を確認するという選択をした。

トラブルのニオイを嗅ぎ取った新聞記者としての習性か、単にインターフォンを押すのを1秒でも先に延ばしたかったからなのか、あるいはただの気まぐれか。

「おじゃましまーす……」

言う必要もない言葉を小声で口にした綾乃がまず耳にしたのは、

「――なにを勝手に入ってきておる!!」

という怒声だった。

思わず「ぎゃーすみません！」と声を上げるところだったけれど、それを口にせずに済んだのはその声が遠くから聞こえたためだった。

彼女の目の前にはお屋敷へと続くアプローチがあって、30メートルほど進んだところに玄関があった。

左右に広がった平屋の見事な日本家屋で、豪邸であることは明らかだった。

アプローチの左右はツツジの植え込みになっていて、その向こうには日本庭園が広がっていた。

声が聞こえたのは庭園のほうだ。

庭園に面した縁側に立っているのはセーターを着込んだ老人で、白髪は角刈りだ。

ぎょろりとした目が見据えているのは、庭園に集まった10人ほどの男たち。そのうちひとりだけはスーツ姿で、パッと見は堅そうなサラリーマンなのだが、残りは金髪やスキンヘッド、入れ墨にじゃらじゃらしたアクセサリーと、どう見てもその筋の人間だ。

おそらくサラリーマン姿の男が無害な来訪者を装って通用門を開けさせ、戸に石を挟んで、その隙に残りのチンピラまがいの連中を呼び込んだのだろうと綾乃は推測した。

「堂山さん、いい加減、土地を手放す決心はつきましたかね？」

話し出したのはサラリーマンふうの男だ。

「あなたが市街地に持ってる土地、全部まるっと買ってやるって話じゃないですか？　しかもかなりの金額で。あなたが活かせてない土地も全部ですよ？　なにが問題なんですか」

「……貴島《きじま》といったか、貴様。帰れ。答えは変わらん」

堂山老人は背こそ低かったが、すっくと伸ばした背筋といい、まだまだ元気そうだ。

こうして柄の悪い連中を前にしても毅然《きぜん》とした態度をとれている。

「いやだなぁ、こっちは話し合いをしようってのに、あなたがそんな応対しかしないからまとまるものもまとまらない」

「話し合いなどする必要はない。売らんと言ったら売らん」

「もしかしてこれ以上の値上げをお望みですか？　欲をつっぱったらいけませんぜ」

「わからん輩《やから》じゃ。金の話ではないと何度も言っておる！」

「あなたが大事にしてるのは山であって、市街地の土地じゃあないでしょうに。山だけ守って暮らしてりゃいいんですよ」

どうやらこの男たちも、堂山老人が「山を守る」ことに執着していることを知っているようだ。

だが堂山老人は顔を赤くして、ふーっ、と息を吐く。

「貴様らのようなろくでなしどもの考えは手に取るようにわかる。まずはそこの土地、次はあっちの土地、最後の最後までしゃぶりつくすまで止まらん。欲の皮がつっぱっておるのはそっちじゃ。背後で糸を引いているのは誰だ？　町長か？　どこぞの不動産屋か？　それとも中央の人間か？」

「やれやれ、老人の想像力はたくましいな」

肩をすくめてサラリーマンふうの男――貴島はいやらしい笑みを浮かべる。

「俺たちはこの藤野多町で新しいビジネスを始めようってだけだ。こんな寂れた町で、ジイさんが気張ったところでなにが変わる？　外から金が入ってきて、若い人間がやってきて、町を盛り上げて、いいことばっかりじゃねえか。ジイさんみたいな老人がよ、こうして資産を抱えたままなにもしねえから、町が死ぬんだよ」

「……なにを言われても答えは変わらん。土地は売らん」

「わからねえジイさんだな！　アンタのせいで多くの人間が迷惑してんだ！」

しびれを切らしたように貴島が叫ぶ。もう丁寧な言葉遣いもなにもなかった。

ざりっ、と砂利《じゃり》を踏んで男たちが動き出そうとすると、さすがの堂山老人も身構えた。

ここには老人以外いない——家族も使用人も。

「なにをする気じゃ！」

「こんなかびくせぇ家にしがみついてるなら、その家がめちゃくちゃになったら気分も変わるんじゃねえかってな」

「よ、よせ！」

「……今のうちに折れろ。折れるなら今だぜ」

「ぐっ……」

堂山老人はうろたえるが、「うん」とは言わなかった。すると男たちが動き出した。彼らが庭の草木に手を掛けようとしたときだった。

「はい、今の一部始終は撮影しました！」

一眼レフカメラを片手に綾乃が飛び出した。

「私は日都新聞の記者よ！　あなたたちの悪行もそこまでよ!!」

「……新聞記者だと？　って、おい、カメラ取り上げろ！」

貴島が命じると、綾乃のいちばん近くにいた男ふたりが近づく。

「え、ちょっ⁉　なにすんのよ！　それ会社のカメラなのよ！　私、日都新聞の記者！

ほら！　名刺もあるんだからね！　私に手を出していいと思ってんの⁉」

「うるせえ、黙ってろ」

「ぎゃんっ⁉」

カメラを取り上げられ、突き飛ばされた綾乃が尻餅をつく。

「バッグも取り上げろ！　スマホで撮影したデータがあるかもしれねえ！」

「へい」

「ちょっとやめてよ⁉　そこに着替えも財布も入ってるのよ！」

「黙ってろ！」

「ふなぁっ⁉」

飛び起きた綾乃はまたも突き飛ばされて転がった。

「こ、こんなことして、警察が黙ってないわよ……」

「警察が来るならとっくに来てる。アンタだってまだ通報してない、そうだろ？」

「な、なんでわかったの⁉」

「……お前、さてはバカだな？　正直言って」

「あ！」

「だがな、ジイさん。これは警告だぜ。また明日来るからいい返事を聞かせろよ。――おい、木の何本か折っていくぞ」

「おおっ」

貴島の仲間が動き出したときだった。

「――うごあっ⁉」

仲間のひとりがもんどり打って転がった。

「な……なんだ？」

ざわりとして彼らがそちらを見ると――そこには、今まで存在もしなかったひとりの少年が立っている。

「話の流れはよくわからないけど、最後らへんは聞いてたよ。新聞記者への乱暴はともかく、無意味に植物を折るのは見過ごせないな」

見た目はどこにいてもおかしくない少年で、藤野多町にいるにしてはすこし垢抜けているかもしれないという程度。

だけれど彼が明らかにふつうでないのはわかった。なぜなら、顔に銀の仮面を着けていたからだった。

少年――シルバーフェイスは、男から奪い返した一眼レフカメラを、へたり込んだままの綾乃に手渡した。

「……ったく、無茶しすぎだろ」

「え、なんで植物のためにならなら行動するの!? 新聞記者への乱暴だってほんとは見過ごせないよね!?」

「ここで撮影したら本気で怒るからな」

そんな綾乃を無視して歩いていくと、男たちがヒカルへと向き合った。

「ガキィ……仮面なんぞつけてヒーローごっこか？」

イラ立った顔で言う貴島に、ヒカルは右手を差し伸べると手のひらをくいっくいっとやってみせた。

「腕っ節で語れよ、雑魚《ざこ》」

「ッ！　ガキが!!」

男たちが動き出し、左右と正面にばらけて突っ込んで来る。

（なるほど、ケンカ慣れはしてるんだな）

ヒカルは冷静に分析する。安っぽい煽《あお》りを入れてみたのは彼らの頭に血を上らせるためだったけれど、それでも彼らはがむしゃらに突っ込んでくるのではなく、ヒカルひとりでは対応しにくいように分かれて動いた。

さらにヒカルが少年だからと侮った感じもない。全力だ。プロだろうと推測される。

「おりゃあああ！」

「ぜいっ」

「うおおおお！」

最初の3人が三方から迫る。

（だけど、まぁ――）

次の瞬間、3人の男たちは驚愕《きょうがく》する――目の前から仮面の少年がかき消えたように見えたからだ。

もちろんそれは「隠密《おんみつ》」を使っただけであった。

「うごっ!?」

「ぐう……」

「ぶへっ」

ひとりめにボディブロー、ふたりめの後頭部に裏拳、3人目の背中に蹴りをくれる。

これで一瞬怯《ひる》んだ男たちだったが、それを見逃すシルバーフェイスではない。

「隠密」をオンオフしながらひとりずつ仕留めていき、瞬《また》く間に8人を沈黙させ、最初に吹っ飛ばしたひとりも転がっている状況で、あとは貴島だけが残ったのだった。

「な、な、なんなんだお前は……!?　武闘派のチームを呼んだってのに！」

「ふーん……確かに、プロっぽい感じはあったけどな」

向こうの世界で、命がけの修羅場を何度もくぐってきたシルバーフェイスにとってはたいしたことのない相手だった。

明るい昼間の屋外で、目の前で「隠密《おんみつ》」を発動しても目で追えないような男たちだ。

「ソウルボード」がないからなのか、あるいは比べる相手が悪いのかはわからないが、ポーンソニア王国騎士団長ローレンスのような迫力や殺気もなければ、クインブランド皇国諜報員《ちょうほういん》クツワのようなキレもない。

「武闘派ね……だけどまぁ、その程度だ」

「く、くそっ」

そこへパトカーのサイレンが近づいてくるのが聞こえる。

こうして男たちは警察によって連行され——襲撃者の人数が想定以上に多く、Y県警は応援を呼ばなければならなかったけれど——堂山老人と綾乃は被害者として警察から事情聴取を受けることになった。

「危なくなかった？」

仮面を外したヒカルは、外で、通報のために待機していたラヴィアと合流する。セリカの部屋に置かれていたスマホを借りているから、後で発信者を追跡されても大丈夫だろう——「東方四星」のメンバーは国が保護している重要人物だし。

後で事情聴取を受けるにしてもそれはセリカの仕事だ——と、すっかり面倒ごとはセリカに押しつけてしまおうと考えるヒカルである。

「うん、全然危なくなかった。ていうか……銃でも出されない限りは負ける気がしない」

逆に言うと銃が出てきたら危険ではある。「隠密」を使ってかわしきれればいいが、一発食らうと致命傷だからだ。

それこそソリューズほどの剣士になれば銃が出てきても余裕で勝ちそうだが、ヒカルはまだそこまで到達していない。

「そんなことより宿を探そうか？　有名な温泉地が近くにあるみたいなんだ」

「うん！」

綾乃が警察署であれこれ説明している間、ヒカルとラヴィアはゆっくり休むことにした。

第44章　こうして賽《さい》は投げられる

「よくお休みになれましたか？」

「ええ、もちろんです。あちらの世界の柔らかなベッドもいいものですが、神に仕える者としては過度の贅沢《ぜいたく》はよくありませんね」

修道服に身を包んだふたりの聖職者が早朝の王都を歩いていく。横を歩くシュフィをポーラが見やると、

「――ですが、王都の朝のほうがすがすがしさを感じました。空気の清浄さというか……」

「すがすがしさ、ですか？」

「はい。東京という都は信じられないほど美しいのですが、その美しさには靄《もや》がかかったような、汚れがあると感じましたね」

「へぇぇ……」

「ポーラさんも行ってみたいのですか？」

「え!?　ええっと、あの……はい」

「でしたら、今度はごいっしょしましょうね。あちらの教会はとても手が込んでいるのですよ。そうそう、ジンジャやオテラなんていう施設もありましてね、そちらもまたすばらしいものでした。不思議ですねぇ……あちらの世界には神様がいらっしゃらないそうなんです」

「へっ⁉　神様がおられない⁉」

「ソウルカードもギルドカードもないというのです。なのに神の存在を信じる人はとても多くて、篤《あつ》い信仰心をお持ちの方も多かったのです。とても不思議でした」

ふたりは宗教に関する話をしていく。ともに教会においては敬虔《けいけん》な信徒なので、話題に事欠くことはなかった。

シュフィが異世界の教会を見てきたのだからなおさらだった。

こちらの世界では神――人智を超えた存在は確実にいて、それはソウルカードやギルドカードを通じて人々に恩恵を与える。日本にはそういった確かな恩恵がないのにあれほど荘厳《そうごん》な宗教施設があるのは、シュフィにとっては驚きだった。

シュフィたちが戻ってきてから3日が経《た》っていて、シュフィは持ち込んだマンガを教会の仲間に見せてはみんなに驚かれていた。異世界から持ち込んだとはもちろん言わず、こちらの世界のダンジョンで発見されたものだという触れ込みで。

このマンガによって、聖人をモチーフとした宗教画のレベルアップが図れるはずです、とシュフィは力説しているが、どうなるかはまさしく神のみぞ知るだ。

「それはそうと……ごめんなさいね、ポーラさん。アパートメントのお掃除をしてくださったのに……」

「東方四星」が戻ってきてからすぐにポーラは、彼女たちのアパートメントを掃除してそこを利用していたことを話した。４人は掃除してくれたことを大いに喜んだのだけれど、ソリューズは別のホテルに、シュフィは教会に泊まるというので、ポーラもシュフィについていったのだった。

わざわざ掃除をしてくれたのに自分に付き合って教会に泊まってくれて申し訳ない――という意味合いだとポーラは思ったので、

「いえ、とんでもありません。教会で寝起きすればすぐに教会のお勤めができますから、便利です」

「ええ、そうですよね！」

ぱぁっ、と表情を明るくしたシュフィだったけれど、

「……でも、『ごめんなさい』はそういう意味ではないの」

ポーラが首をひねったときには、ふたりは「東方四星」の所有しているアパートメントまでやってきていた。

「ええとですね……見ればわかります……」

シュフィは申し訳なさそうに――ほんとうに、心の底から申し訳なさそうに言った。その言葉の真意をポーラが知るのはそれからわずかに1分後、階段を上って4階にある部屋に足を踏み入れたときだった。

「……へ？」

ポーラの口から思いがけず間の抜けた声が漏れた。

だって、仕方がないだろう。入ってすぐのところには脱ぎ捨てられたブーツがあり、その先にはまるでその場で持ち主が消失したかのように、ジーンズが人の形のままに――こちらの世界には存在しないはずのジーンズが落ちていて、その先にはコートと、スウェットがあったのだ。

そう、服が違うのをのぞけば、それはまるで初めてポーラがこの部屋に足を踏み入れたときと同じだった。

「えええええええええっ!?」

リビングに入れば大量の酒瓶に、食べ残し、日本から持ち込んだであろう荷物やなにやらが散乱していたのだ。

たった3日――ポーラが、セリカとサーラの2人と離れてからたったの3日だ。たったそれだけで、これほどまでに散らかすことができるなんて。

ソファの向こうに伸びている白い足が見える。セリカかサーラのどちらかの足だろう。

酔っ払って眠っているに違いない。死体かもしれないがここからでは見分けがつかない。

「……ごめんなさい。こうなることがわかっていたから、ソリューズはホテル暮らしなのです……」

シュフィは謝るのだが、ポーラは戦慄《せんりつ》した。

ヒカルがこの光景を目にしたら――きっと、怒る。

とんでもなく。

「シュフィ、ポーラさん。清掃専門のメイドを雇って、定期的に片づけることにしようか」

呆《あき》れたような声が背後から聞こえ、はっとするとそこにはソリューズが立っていた。一分の隙もないほどの清潔な冒険者スタイルで、頭は髪の毛1本のほつれもないほどに美しいシニヨンだった。

「問題発生だ」

「そうですよね！　この惨状は問題ですよね⁉」

「ええっと……違うんだ。これも、確かに問題だけれど、それ以上の問題が発生した」

ソリューズの手にあったのは1枚の巻紙――冒険者ギルドの紋章が捺《お》されていた。

「ランクB『東方四星』宛で、冒険者ギルドからの依頼だ……迷宮の調査をしろと。断ることはおそらくできない」

それから、とソリューズは付け加える。

できれば年内に帰ってきたいが、難しいかもしれないな……と。

◇

道路がきれいに舗装されているから、という理由だけではないだろう。ほとんど揺れることもなく、その黒い車は滑らかに進んでいく。

車内は紙をめくる音が聞こえるほど静かであり、高級車の乗り心地はいつも通り抜群だ。先ほどまで沈黙していた老人――胸に金バッジを付けた、当選回数12回という財務大臣はしゃがれた声を発した。

「土岐河君……Y県の件はどうなってる？」

「…………」

助手席で資料を読み込んでいた土岐河は眼鏡の位置を直すと、顔を後部座席へ向けた。

「はい、順調に進んでおります」

「……そうか？　ならいいんだが。君の古巣からタレ込みがあったという話を聞いたのでな、Y県のことではないかと思ったんだ」

土岐河の端正な表情はぴくりとも動かなかったが、内心では舌打ちしていた。

先日、確かに古巣の日都新聞政治部デスクから電話があった。Y県で用地買収をしているというウワサがあるのだが……という話に始まり、最後は丸見川エステートの社長と会食しているところを録画されているとまで言われた。

いつの間にそこまで嗅ぎつけられたのかと焦ったが、「録画」の話を聞いて持ち直した。そんなことできるわけがない。

あの店は隅々まで知り尽くしているし、店主とも懇意だ。おかしなところがあれば絶対に気がつくはずだ。

（つまり、デスクは疑惑を聞きつけ、注進に及んだということだろう。であれば強力に否定しておけばいい）

そう判断し、強めに突っぱねた。デスクは気の毒なほどに狼狽《ろうばい》していたが、後でフォローしてやろうと考えて電話を切った。

ともかく、丸見川エステートと直接会うのはしばらく避けたほうがいいと土岐河は判断した。

だが——そのデスクとのやりとりは議員事務所の個室で行ったし、室内には誰もいなかったはずだ。

（廊下で盗み聞きしていたヤツがいたか……）

土岐河の脳裏に数人の顔が思い浮かぶ。どれもこれも第一秘書の土岐河を引きずり降ろして、次の衆院選で財務大臣の後ろ盾をもらって立候補したがっている連中だ。

「ご心配には及びません、先生。必ず成功させます」

「ああ、心配しているわけではないがな……ふむ……」

「……まだなにか？」

自分が信用されていないのか、あるいはそういうフリをして「もっと気張って働け」とはっぱをかけているのか判断できないところが、この大臣にはあった。

伏魔殿《ふくまでん》なんて言われる永田町《ながたちょう》の住人として何十年も生きてきたのだから、とっくにこの人物もまた魔物になっているのである。秘書に揺さぶりをかけるなど息を吸って吐くようにやってのける。

「最近は総理も『異世界騒ぎ』でイラ立っておられる。小さな波風も立てたくない」

「なるほど」

「それに……。いや、気にしすぎかもしれんな」

「先生？　些細《ささい》なことでもおっしゃっていただければ、お力になれます」

「ふむ……」

じろりと土岐河を見てくる目の奥に、なにが潜んでいるのか、まだ土岐河には図りかねるところがあった。底知れない暗い目だ。

自分も国会議員として活動を始めるとこうなってしまうのか——いや、望むところだ。

「……Y県には堂山という地主がいるだろう」

「！」

どきりとした。それこそまさに丸見川エステートの社長が手を焼いている相手だ。

「あの家はな、私が代議士になる前、カバン持ちの秘書をしていたころに行ったことがあるのだ」

「先生の地盤はY県ではなかったのでは……？」

「いろんな仕事をやったものだよ」

それは暗に「汚れ仕事をした」と言っているようなものだった。二世議員や三世議員の多い政権与党において、この男は腕力だけで財務大臣にまで上り詰めた。その過程でどれほど手を汚してきたのか、土岐河も知らない。こうして折に触れてチラリと示唆《しさ》されるだけだった。

「今は知らんが、私が訪れた当時はえらい頑《かた》くなな家という印象でな。古いしきたりを守ることにだけ価値を置いていた……確か、山を守るとかなんとか言っていた」

「……はい」

今もそうだよ、知っていたならさっさと教えておいてくれよ、と言いたいのをぐっとこらえる。

Y県の用地買収は自分に任された案件で、これを成功させることでいよいよ国会議員になれるのだという思いが土岐河にはある。今さら大臣の手を借りたくはない。

「そんな古い考えは10年ももたないだろう、時代とともに変わるだろうと私は思っていたが……Y県のプロジェクトを聞き、藤野多町の名前を目にしたときにふと思い出したのだ、堂山家のことを。……彼らは正しかったのではないか、とな」

交差点の赤信号で停車する。左右から堰《せき》を切ったように、人と、車とが流れてくる——都心には今日も人があふれている。

「正しい……？　それはどういう意味でしょうか」

「……『異世界』だ。あんなものが存在するとは思わなかったということだ」

「は……？」

大臣は目を閉じた。

これで終わり、後はお前が考えろ、ということだろうか。

（言いたいことがあるなら全部言え）

土岐河が視線を前に戻すと、信号はまだ赤のままだった。

（異世界なんてものがあるなら、山を守ることにも意味があるということか？　バカバカしい。神が住む山だか鬼が住む山だかわからんが、そんなものがあるのなら長い日本の歴史の中で何度も出てきているだろうが。もちろん、大昔の話はのぞくとしてだ）

絵巻物に描かれるような神やら鬼やらは空想の産物だと土岐河は信じているし、科学によって裏付けされた事柄こそが真実だと考えている。

異世界の存在は確かにショッキングだったが、それはこの世界ではないからこそ起こりうるものだと理解もできる。科学で観測できなかった世界の話だ。

（……もうろくした老人にあれこれ言われる前に決着をつけるべきだな）

土岐河はY県のプロジェクトをなるべく早く終わらせようと決意した。そのためには丸見川エステートだけではない手段も使うべきだ。

こんなところで立ち止まってはいられないのだ。

信号は青に変わった。

◇

控えめに言っても温泉はすばらしかった。家族で旅行に行くなんてことはついぞ記憶になかったのだけれど、街のあちこちから湯気が上がり、雪の残る古い街並みを歩くだけでも風情《ふぜい》がある。温泉街というのはすばらしいなとヒカルは思った。

藤野多駅前とは違って、こちらは観光客もそこそこいて賑《にぎ》わっていた。

「おはよう。今日は堂山さんのところに行くの？」

「………………」

「ヒカル？」

「あ、うん、そのつもりだよ」

浴衣《ゆかた》姿のラヴィアもよかったけれど、こちらの世界で買った服もやっぱりよく似合ってるなとひとりでうなずいていたヒカルは、一瞬反応が遅れた。

「？」

首をかしげているラヴィアもまたかわいい。

「——お客様、本日は何時頃お戻りですか？」

連泊で部屋を取ったので、旅館の女将《おかみ》に聞かれる。

「そうですね……夕方くらいには戻れると思います」

「わかりました。では夕食は18時にしておきましょうね」

「あ、そうだ——こちらの名士で堂山さんという方をご存じですか？」

ふと思いついて聞いてみると、

「地主の堂山さんのことかしら？」

「そうですね。確か山をお持ちだとか……」

「あそこの山は地元の人は近づかなくてねえ、昔は堂山さんのところがお社《やしろ》も管理していたんだけど、もうずいぶん前に一般の参拝客は入れなくなったんですよ」

「そんなことがあるんですか？　神社ってもっとこう、公共のものかと思っていたんですが」

「私有地ですしね。ナントカ神社みたいな名前がついてるんじゃなくて、ほんとにただのお社なんですよ。年寄りはちょいちょいお参りしてたけど、あたしらの世代はなんのお社かもわからなくて行ってなかったし。それになんか……不気味だったし」

「不気味？」

「ほら、よくありますでしょ？　お化けが出るっていう……」

「ああ」

地元では有名な心霊スポットというわけか。

「あの緑山《みどりやま》はそんな場所なんですよ。堂山さんも手放したいけど買い手がいないんじゃないかとか聞いたこともありますけど、真相はわかりませんね」

「緑山……という名前の山なんですか」

「通称ですね、緑山。堂山さんのお屋敷のすぐ後ろにある小山ですよ。ちゃんとした名前は知らないですねえ」

女将《おかみ》はそう言うと、ふと気づいたように、

「……お客様、そんなにお若いのに歴史がお好きなんですか？」

「あ、えーっと……そ、そうですね、そんなところです」

「お連れのお客様は外国の方かと思いましたけれども——」

「ああ、いや、外国人じゃないんですよ。彼女は髪を染めてカラーコンタクトを入れてるだけなんです」

あわててヒカルは弁明した。

未成年ふたりでは旅館の予約はできなそうだったので、借りていた父のクレジットカードを使って、18歳だと言ってごまかしていた。

「——あら、そうなんですか。なんですっけ、ほら、異世界の人ってとっても不思議な髪の色をしていたりするんでしょう？　そういうファッションなのかしら」

「そ、そんなところですね。あははは……それじゃ僕らは行きます！」

「お気を付けていってらっしゃいませ」

深々と頭を下げる女将から逃げるように、ヒカルはラヴィアとともに旅館を出た。

こちらの世界に来て驚いたことには——セリカから軽く聞いてはいたけれども——異世界に関する情報の多さだ。

ニュース番組を見ればセリカたちの動向や異世界についての政府見解、それに異世界に関する考察みたいなコーナーが必ずあった。ネットのニュースや動画サイトで盛り上がっているだけかと思ったらそんなことはなかった。

テレビで初めて知ることも多かった。

たとえば、世界をつなぐ亀裂は日本にしか出現していないことから、それを「日本の資産」だと考える国民がとても多いこと。

たとえば、外国の圧力に負けて亀裂付近を「共同研究」することにした日本政府の決定が批判されていること——野党は「総理はもし仮に東京湾で油田が発見されたとして、それを外国に譲るというのですか？」なんて責め立て、結果、内閣の支持率は下がっているらしい。

たとえば、「東方四星」のシュフィが「回復魔法」を使えることから、難病治療に効果があるのではと世界各国から注目されていること。

（なるほどなぁ……確かにあのマンションの付近には、こちらの様子をうかがってる怪《あや》しい人たちが山ほどいたもんなぁ）

ヒカルは「隠密《おんみつ》」を使っているのでバレることはなかったけれども、「東方四星」のメンバーは大注目されているのだ。

（……こりゃ大変だ）

人工衛星によって地球全土を見ることができる現代において、未知なるフロンティアは「宇宙」しかなかった。そこに「異世界」なんていう選択肢が現れ——未知のエネルギーである魔力なんてものを見せつけられれば、世界が熱狂するのは無理もない。

なるべく目立たず、セリカにバトンタッチしようと固く固く決意したヒカルである。

とはいえ、綾乃、堂山老人の件で、自分がなにもせずに心残りを作るのがイヤなのも事実だ。

（サクッと終わらせよう。佐々鞍さんにはもう一度話をしておとなしく会社の歯車になってもらうのがいちばんだろうなぁ）

　この日本であっても「持っている者」であれば会社ひとつくらい変えられる。綾乃が日都新聞の創業者一族であるとか、大株主であるとかならば。

　でも「持っていない者」には会社は動かせない。綾乃が会社の色に染まれないのならば退社するしかない——代わりの働き手はいくらでもいるのだから。日都新聞がイヤなら他の新聞社だってあるじゃないか——と異世界で新たな生活を始めたヒカルは思うのだ。

　ヒカルとラヴィアはタクシーをつかまえると堂山邸の近くにあるカフェへと向かった。その運転手は「お客さん、東京から？　実は昨日、東京の新聞記者さんを乗せたんですよ。ほら、名刺までもらっちゃって」なんて言っているが、堂山邸で起きた警察沙汰は知らないらしく、ヒカルも言う必要がないので黙っていた。

　カフェの前で降りたのは、堂山邸に行くにしてもシルバーフェイススタイルで向かわなければならないからだ。タクシーが去ったところで仮面を装着し、「隠密」を発動する。

　堂山邸の通用門は今日はぴっちりと閉まっていたが、ヒカルは軽々と塀を跳び越えて侵入し、内側からロックを解除してラヴィアを入れた。

　アプローチの先にある玄関に、堂山と——綾乃がいた。

「――どうしてそんなに堂山さんは意固地なんですか!? あんなに危ない目に遭ったんですから、ちゃんと訴えればいいじゃないですか！」

「ああいう手合いにはなにを言っても始まらん。お前さんが身体を張ってくれたことには感謝するが、新聞記者の取材を受けるつもりもない」

「そんな……」

綾乃は取材の申し込みをし、断られているようだ。

その背後に忍び寄って「隠密《おんみつ》」を解除し、

「やあ」

「ぎゃー!?」

「っ、お前さんは……！」

突然現れたヒカルと、もうひとりの少女に驚く綾乃と堂山老人。

「ちょ、ちょっとちょっと仮面の少年！　どこ行ってたのよ!?　昨日、私を放っておいてどこかに行っちゃうから警察への説明が大変だったんだけど！」

「言っただろ、それはアンタの仕事だって」

「聞いてないわよ!?」

「そういえば言ってなかった」

「前から思ってたけど……私の扱いが雑すぎないかな!?　年上のレディーに対して！」

なにが「年上のレディー」だと思うが、今は綾乃はどうでもいい。

「……助けてくれたことは礼を言う。だが、ヤツらがこれであきらめるとも思えん」

堂山老人はそう言った。

「おれもそう思う。だけどアンタは土地を売る気はないんだろ」

「……ああ。ここは我が一族で守っていかなければならん土地だ」

「一族っていうけど、ひとり暮らしなんじゃないのか？」

「息子の家族がいる。県内に住んでおったが、最近、きな臭くなったので一時海外に避難させておる」

危険を避けるために海外に移すとは、お金だけじゃなくて行動力もあるな、とヒカルは感心した。

「しかし……お前さんは何者じゃ？　最近東京のほうでは、そういう仮面をかぶるのが流《は》行《や》っているのか？」

聞かれて、綾乃がブフーッと笑ったのにイラッとするヒカルである。

「おれのことはいい……ところで、昨日襲ってきた連中は地上げ屋なのか？」

「うむ……そうじゃの、今年になってから急にここいらの土地に目を付けてな。この1年でかなり買い付けたようだ。しかしおかしなことに、マンションを建てるでもなく土地は放っておかれとる」

「そんなに派手に動いているのか」

ヒカルは唖然《あぜん》とした。これで国の大規模プロジェクトなんて発表された日には、「アイツら事前に情報を持ってたんだな!? インサイダーじゃないか!」と騒ぎになるだろう。

土岐河は絶対に自分までたどられないという自信があるのか、あるいは直接指示をしているわけではないから、地上げ屋の連中がこれほど派手に動いているとは知らないのか……ヒカルは後者のような気がしていた。丸見川エステートの社長は土岐河に心底服従しているわけではあるまい。

「でも昨日襲ってきた連中、今日には釈放だっていうのよ!? 信じられないわ……」

綾乃が憤《いきどお》っているが、ヒカルとしてはそうなるだろうと思っていた。というのも、貴島たち一派が暴れ始める前にヒカルが鎮圧に動いたからで、ヒカルを害そうとした以外は言葉で脅迫した程度だったからだ。

さらに聞いてみると、なんと綾乃は地上げ屋一味と堂山老人とのやりとりの録画に「失敗」しており、一方的にヒカルにのされた彼らに警察も少々同情しているフシがあったという。

「失敗ぃ？ そんなんで新聞記者を名乗っていいのか？」

「ど、どういう意味よ!? スマホとかとっさに使うの難しいのよ！」

「今は一眼レフでだって動画撮影はできるだろ……はぁ。アンタか、ジイさんのどちらかが腕の一本も折られていれば警察も本気で動いたろうけど、仕方ないな」

「うっ……それは、うん……」

「それで？　警察はパトロールの強化くらいはするって？」

たずねると老人がうなずいた。

「うむ……なにかあれば駆けつけるから、すぐに通報してくれとは言っておった。むしろお前さんの身柄に心当たりはないかと逆に聞かれたぞ。危険人物だから、見かけたらこちらもすぐに通報するようにと」

「……」

「そのような恩知らずなことは、ワシはせんがな」

仮面を着けた少年がいきなり現れて暴力を振るってきた、と連中は訴えたのだ。

日本に戻ってきて早々、警察に目を付けられるとは。

「もう一度だけ確認するけど、ジイさんは土地を売る気はないんだな？」

「ない。この山を守るのが我が一族の使命じゃ」

「息子の家族といっしょに、ほとぼりが冷めるまで海外に行けばいいんじゃないのか。1年……いや、半年もすれば落ち着くと思うけど」

しかしこれにも老人は首を横に振った。

「ダメじゃ。誰かがここに残って山を守らねばならん。つい……2か月ほど前からか、山が騒ぎよるでの」

「『山が騒ぐ』？」

堂山老人がサンダルをつっかけて外へと出ていくので、ヒカルとラヴィア、綾乃はそれについていく。

老人が見やったのはお屋敷の背後にある山だった――紅葉も終わって、どこか寒々しい印象だ。

「みどり山は我が一族にとって大切な土地。先祖から受け継いだものを次の世代に受け継ぐだけじゃよ。市街地の土地であっても一度手放せばクセになる。次から次に手放してもいいと思ってしまう。ゆえにワシは、どんな小さな土地であっても手放さんのだ」

旅館の女将《おかみ》さんが言っていた「緑山」とは違う発音だったようにヒカルには感じられたが、堂山老人はそれ以上語らなかった。

◇

堂山老人はセキュリティを徹底し、警備会社の巡回を増やすようにすると言い、さらにヒカルたちには「ここにはもう来んほうがよい」と言った。

だけれど綾乃はあきらめきれず――これであきらめられるくらいならとっくにあきらめ

て、東京で記者を続けているだろう——地上げ屋の連中をもっと調べてみると言った。

ヒカルとラヴィアは、先ほどタクシーを降りたところのカフェにやってきて作戦タイムだ。もちろん仮面は外している。

「……なるほど、意志の強い方なのね」

日本語の会話を完璧に理解できるところまではまだきていないラヴィアに、ヒカルは堂山老人の話を説明した。

意志が強い、と言えば聞こえはいいが、ヒカルからすると頑固だなぁという感じだった。

「それにしてもさっき堂山さんが言っていた『みどり山』だけど……」

ヒカルは自分の疑問を口にする。

地元の人が言う「緑山」と、堂山老人の言う「みどり山」はなにか違うニュアンスがあるような気がしたのだ。

「いろんな人に話を聞いてみる？　この街には情報を売っている人とかいないのかしら」

「あー、そういう職業はないいな」

現代ではちょっとしたことはネットで調べるが、ポーンソニア王国では生き字引みたいな老人がいて、情報料と引き替えにいろいろと教えてくれることもあった。あるいは『盗賊ギルド』が調査を引き受けたりするが、これは探偵みたいなものだろう。

「それよりも郷土史とか調べてみたら多少はわかるかもしれないな」

「郷土史って？」

「各地域には、その土地の歴史を調べた本みたいなのが必ずあるんだよ。地元の図書館にいけばそこに置いてある」

「と、図書館！　日本の図書館！」

本の虫であるラヴィアに、魅惑的なワードを聞かせてしまった。ラヴィアが目をきらきらさせている。

「……行ってみようか？　小さいと思うけど――」

「行く！」

食い気味に言うと、ラヴィアは立ち上がった。

藤野多町の図書館は駅からそう遠くない場所にあり、公民館に併設されていた。

建物自体は新しく、清潔で、人気《ひとけ》がなかった。

「わぁ……」

そういえば書店にも連れて行っていなかったなぁとヒカルは思い、東京に戻ったら大きめの書店に行こうかと考える。

「……東京に戻ったら、か」

あと3日もすれば滞在10日となり、「世界を渡る術」が実行されるはずだ。そうなれば

こちらに心残りがあろうとなかろうと、一度向こうの世界に戻ることになる。ラヴィアは「日本に来たらやりたいことリスト」みたいなのを作っていたようだけれど、それはどれくらい消化できたのだろうかとすこし気になった。

図書館には確かに藤野多町や近隣の郷土史をまとめたものがあったが、書店に流通していない私家版のものばかりだった。

調べてみると少々時間はかかったが——目当ての記述を見つけた。

「緑山」にあるというお社《やしろ》の記述だ。ここではかつて縁日が開催されており、「御土璃山《みどりやま》」という名を冠していたという。

「ヒカル、この『御土璃山』という文字はどういう意味になるの?」

ラヴィアが隣からのぞき込んでくる。

「……『御』は丁寧語、『土』はそのまま土だし、問題になってくるのは『璃』だね。『璃』は瑠璃《るり》や玻璃《はり》なんて言葉で使われる漢字で、美しい宝石や珠を意味している」

「それなら御土璃山は……『土が宝石』という意味?」

「うーん、なんだかしっくりこないね」

「もしかして宝石や財宝が埋まっているとか」

「可能性としてはゼロじゃないと思う。でも、堂山老人は『山を守る』……『神様のいる山を守る』という使命を持っていた。財宝とは違う気がする……大体、山のほうはセキュリティもなにもないから、もし財宝なんてあったらすぐにも盗まれそうだし」

「そっか。お金に困っているふうでもなかったから、守る必要もないしね」

ふたりで唸《うな》ってみたが、答えは出なかった――それ以上の情報は得られなかったのだ。

図書館を出てからヒカルは考える。

（「御土璃山」という文字。2か月前から「山が騒ぐ」という堂山老人。山に入って調べるというのも手だけど、調べてどうするんだ？　山は広いし、どこをどう調べればいいのやら……）

お昼には、藤野多町でも「名店」といわれるそば屋にやってきた。ラヴィアは箸に苦戦しながらもつるつると食べている。日本では箸を使うとあらかじめ知っていたので、実はこっそりと練習していたらしい。

「ヒカル、アレはなに？」

店内のテレビではお昼のワイドショーが流れていて、テロップには「魔法の使い方を徹底検証」なんて書かれていた。思わずそばを噴き出しそうになったのも仕方ないだろう。ヒカルが映っていたのだから。

引き合いに出されたのは、通行人が撮影したらしい「東方四星」が魔法を使っている映像で、交通事故に遭った人を救出しているところだった。それから、「世界を渡る術」によって空間に亀裂が現れるところ――これは高精細のカメラで撮影されていて、亀裂の向こうにうっすらと映っていたのがヒカルだ。

顔はほとんど見えていないので顔バレの心配はない。

いい大人たちが集まって――それも有識者なんて呼ばれる人たちが――「魔法」について語っている。

『魔法、あるいはそれに類する超能力というものは眉唾《まゆつば》なものとして考えられてきましたが、それが現実のものとなったわけですが』

『ええ、ですが、この魔法について気をつけなければならないのが、異世界を体験した人間でなければ使えないものかもしれないということです。地球には魔法なんてものの存在はこれまで確認されてこなかったわけですから、この歴史を無視してはいけません』

『待ってください。科学で測れないものだから超能力や幽霊なんていうものが認識されなかったのでしょう？　魔法だって科学では測れないというじゃないですか』

『魔法、超能力、幽霊をごっちゃにしてはいけませんな』

『いえね、私が思うに、亀裂はともかく異世界人が魔法を使えるってのは、いまだに信じられないんですよ。これって合成動画じゃないですか？』

議論は推測に推測を重ねるしかないので、たいして中身はなかった。「魔法」以前に「魔力」がこの世界にはほとんど存在しないのだから、それを測定することもできない。

人間の身体には魔力がないので「魔力探知」を使ってもなにも手応えがなく、ラヴィアとはぐれたら「魔力探知」ですぐに見つけられるだろうからそのときに使おうかな、くらいのものだった。

「……でも、どうしてこっちの世界には魔力がないんだろうなぁ」

ふと気づいてそんなことをつぶやいてしまうと、ラヴィアが、

「まったく存在しないわけではないんでしょ？」

「うーん……そうだね。ゼロじゃないっぽい」

手応えこそなかったものの「魔力探知」を全然使わなかったわけではなかった。ほんとうにかすかに反応があるときもあって、そちらの方角を確認すると、博物館があった。所蔵物に魔力がかすかに宿っていたらしい。

堂山邸でも「魔力探知」を使ってみたが、反応はゼロだった。お屋敷内にはなにもない。

『我々人類が魔法を手にできる日は来るのか。魔法の使い方を教えてくれないものですかねえ。これだけ大騒ぎになっているというのに政府は魔法の存在については口をつぐんだままです――』

コマーシャルが始まるのと同時に、食事を終えたヒカルたちは立ち上がった。

心がざわざわするのは「直感」が仕事をしている合図だ。

どうしてだろうか。泣いても笑ってもあと3日程度で向こうの世界に戻らなければならないのに。

それまでになにかやるべきことがあるのか――いや。

こういうざわつき方には記憶がある。ヒカルもだてに「直感」と付き合ってきたわけではないのだ。

こういうときには、必ず潜んでいるのだ……危険が。

だけれど、その危険がなんなのかさっぱり見当もつかない。

暴力とは縁遠い日本でも多少の暴力沙汰はあったけれども、異世界での戦闘に比べれば冗談みたいなものだった。危険なんてないはずだ――。

そう思っていたら。

「――ぎゃーっ⁉」

半分以上がシャッターを下ろしている商店街の裏路地から、ごろごろごろと飛び出してきた人影。

その人物はラグビー選手がボールを抱くように大事そうに抱えていた――カメラを。

「ちょ、ちょっとなにするのよ⁉　私は日都新聞の記者なのよ⁉」

佐々鞍綾乃はまたもトラブルに片足を突っ込んでいるようだった。

「追えッ！　絶対にカメラは押さえロ！」

なんだ。なにをやらかした？

あと――叫んだ男の声の、日本語のイントネーションがちょっとおかしい感じがした。

ヒカルは綾乃を一瞬見捨てようかと思ったが、昨日の襲撃よりも危険性が高いと判断して助けに入ることにした。

「ラヴィア、旅館で落ち合おう」

「わかった」

こういうときにラヴィアはすぐに自分の判断を信じてくれる――それがやりやすくもあり、無限の信頼を感じることでもあり、ヒカルとしてはうれしかった。

仮面を着け、ヒカルは走り出した。

◇

その30分ほど前のこと、綾乃はひとり藤野多町の駅前にいた。

「うーん……あの刑事、全然話してくれなかったなぁ……」

堂山邸を出た後、昨日のチンピラたちが釈放されたかどうかを確認しに藤野多警察署に向かった綾乃だったが、いくら綾乃が被害者であると言っても、警察はチンピラたちがどうなったかを教えてくれなかった。それは警察のほうも「もしかしたらこっちのチンピラたちが被害者かもしれん……百に一くらいの確率だけど」と考えていることの裏返しでもあったのだけれど、綾乃はそんなことに思い当たることもなく、

「いつあんな怖い人たちが襲いかかってくるかわからないのよ!? 怖いじゃない!」

と被害者であることを主張し続けて情報を得ようとした。

綾乃が日都新聞の記者であることもよくなかった。その事実が「余計なことを言ったら新聞に書かれるぞ」と、警察の態度を硬化させていたのだ。

結果として、綾乃の話を聞いた刑事はまともな情報を出さなかった。

「この国は警察機構も腐っているのよ!」

謎の社会派気取りでそう言うとすこし気が楽になった綾乃は、カメラを持って街中で取材することにした。

「地上げをしてるってことは買い手がいるってことでしょ? つまりビジネスホテルに泊まっているか、支店がこの町にあるってこと。私冴《さ》えてるんじゃない!?」

そうして話をまず聞きにいったのは駅前で客待ちをしているタクシーだ。以前名刺を渡した運転手がヒマそうに車内でスマホをいじっていたので話しかけると、

「ん? チンピラみたいなのですか? 乗せてないですよ」

という返事。

「いやあ、しかしこうして新聞記者さんは取材に来るし、若い子も遊びに来るし、地元の

若者もがんばってるしで藤野多町もよくなっていくのかもしれないねえ。新しい会社を立ち上げたりしてるんですよ」

その遊びに来た若い子というのがヒカルなのだが、綾乃が気づくわけもない。

狙った情報が得られずにムスーッとしている綾乃には気づかず、のんびりとタクシー運転手は言う。綾乃としては藤野多町の未来よりも堂山老人を狙う巨悪の手を、記者としてすっぱ抜きたいだけなのである。

「記者さんはもう取材に行った？　結社の連中のところ」

「いえ、行ってませんけど……結社ってなんです？　聞き慣れない言葉ですね」

「なんだい。堂山さんの取材に行くってことは結社のこともあったのかと思ったんだが」

タクシー運転手が言うには、結社とは「藤野多未来結社」なる名前の団体で、つい最近できたらしい。

「藤野多町を出て行った若者が戻ってきてさ、ここと東京をつなぐ仕事をしているらしいよ。俺には詳しいことはよくわからんけど、今はパソコン使えばいろんなことができるだろう？」

「それと堂山さんになんの関係が？」

「おお。なんでも結社で使いたいから土地を売ってくれって話を持ちかけてるんだとか」

「ははーん。これは新手の地上げね！　土地を買い取るための別の手段なのね！」

「え？　い、いや違うと思うけど……地上げってなんの話だい？」

「ありがと！　いい話を聞いたわ！」

スマホを片手に綾乃は走り出す――「藤野多未来結社」という単語を検索しつつ。

「ちょっ、記者さん！　なんか勘違いしてないか!? Uターンした連中がやってる会社だぞ～!?」

だが綾乃を止められるわけもなかった。

とはいえ――勢い込んで走り出したはいいものの、スマホでの検索すらろくすっぽできない綾乃である。彼女にとって幸運だったことには、藤野多未来結社のポスターが駅前の掲示板に張り出されていたので結社の場所がすぐにわかったということだ。

それは商店街から1本裏に入った通り。

一般住宅がちらほら顔をのぞかせている通りにある雑居ビルの1階に、藤野多未来結社はあった。

「ここが地上げ屋一味のアジトね！」

大きなガラス窓からは中まで見ることができ、地元のお祭り告知や自衛官募集のポスターが壁に張られている。

棚には藤野多町の名産らしい彫り物や陶磁器が飾られているが、それ以外は特徴のない、下手をしたら「観光案内所かな？」と思われそうな場所だった。

20代の男性が数人、中にいたけれど、どれもシャツやスウェットにジーンズというカジュアルなスタイルだ。

「ん……んんん!?」

綾乃は、新聞記者としての能力は極めて低いと言えるだろう。それは日都新聞内で意地悪をされているから取材ができないとかそういうことではなく、むしろ彼女が明らかに「新聞記者に向いていない」から「疎外されてきた」とヒカルが判断しているほどに。

でも、運はあった。

そして記憶力もよかった。

中にいたうちのひとりが——昨日暴れたチンピラを引き連れていたサラリーマン風の男、貴島だと気がついたのだ。

スーツを着ていないからパッと見の印象は全然違っていて、一般人ならばわからないはずだが、綾乃は見抜いた。

「カ、カメラカメラ！」

綾乃はストラップで肩から提《さ》げていた一眼レフカメラを取り出して、藤野多未来結社の中へと向ける。

自分の考えは正しかった、藤野多未来結社なんていう会社も使って地上げをやっているのだ、と。

そんな考えに夢中になってしまっていたせいで、綾乃は自分が今、他の人からどう見えているのかにまったく無頓着だった。彼女は往来のど真ん中で一眼レフを構え、雑居ビルにレンズを向けていたのだ。

日都新聞記者が藤野多町に現れた——その情報が国会議員秘書の土岐河に伝わったのは、これもまた日都新聞経由だった。なぜならば藤野多警察署が綾乃の身分照会のために日都新聞に連絡を入れ、綾乃が藤野多町にいることが新聞社に伝わったからだった。一報を入れてきた政治部のデスクは土岐河相手に恐縮しきっており「バカが暴走しまして。すぐに呼び戻します。どうぞお気を悪くなさらないでください」と電話口では言っていたけれど、土岐河はその言葉を額面通りには受け止められなかった。

丸見川エステート社長との会食を録画した、と言われたことに対して正面から否定した土岐河。だけれど内心ではひやりとした。会食したことも、その場で交わされた会話である藤野多町での動きも事実だからだ。

自分に忠告してくれた、と最初は思っていた。だがこの連絡はなんだ？

政治部デスクは土岐河から完全否定されたことを受け、記者を藤野多町に送り込み、自分に揺さぶりをかけてきたのではないか——そうとも考えられる。

つまり最初から、自分は取材ターゲットになっていたのだ！

「クソ……私を裏切るのか、日都新聞め」

議員会館で電話を受けていた土岐河が悔しそうにつぶやくと、

「……どうしたのだね？」

仕える主である財務大臣がやってきた。

「い、いえ……なんでもありません」

「そうか？　顔色が悪いが、今日は休んだらどうだ」

「まったく問題ありません」

大臣はそれには答えずにトイレへと向かった――最近ことにトイレが近くなったのである。土岐河が「まったく問題ない」と回答するに決まっていると信じ切っている態度だったことに、土岐河はますますイラ立った。

「絶対にこの状況を知られるわけにはいかない……」

土岐河の強みは日都新聞を完全に味方につけている点だった。それを買われて大臣の秘書になっているのだから、もし土岐河が日都新聞から探りを入れられているなんていうことが大臣にバレたら、次の衆院選出馬どころか今の立場すら危うい。

汚れ仕事をやらされている自分は、いつ蜥蜴《とかげ》のシッポとして切り捨てられるかわからないのだ。

すべては国会議員になるまでの辛抱だ。それはすぐ目の前まで迫っているのだ。

土岐河はスマートフォンで、ある番号を呼び出した。

「……もしもし、状況はどうだ？　日都新聞の記者がそちらに行ったと聞いたが」

相手がもごもご言っている。

「なんだ、どうした？」

いつもならすぐに「ハイ！」と応答するはずなのに。

それをつついて話させると――なんと、昨日、堂山邸で暴れようとしたところを警察に取り押さえられたという。

実は、土岐河が話している相手は、まさに貴島だったのだ。

丸見川エステートから紹介され、その丸見川エステートの動きが遅いから、直接土岐河が連絡を取ってその尻を叩《たた》いている相手でもあった。

『――ほとぼりが冷めるまでは藤野多未来結社からアプローチしたほうがいいかもしれません……』

貴島は現在、藤野多未来結社のオフィスで電話を受けていた。

「そんなことは当然だろうが、時間はもうないぞ。丸見川エステートはなんと言ってる？」

『連中が寄越すのは口より先に手が出るようなバカばっかりですよ、使えません』

「それをなんとかして使うのがお前の仕事だろう。お前も連中と同じバカなのか？」

『す、すみません』

「さっさと動け。他に動かせる人間はいないのか？　今回の案件でいくら動くと思ってる」

『一応、何人か声を掛けてるんですが……あと、前に言われたとおり連中にも連絡をつけましたが、ほんとにいいんですか？　アイツら、大陸系のマフィアじゃないですか。新聞記者なんかが刺激したら殺しちゃうかも……』

「……なにかあったときはお前の責任でどうにかしろ」

『え、ええっ？　土岐河さんがケツ持ってくれるって話でしたよね？』

「結果を出せばちゃんとしてやるが、結果が出なければ終わりだ。わかっているな？」

『わ、わかりました……。あっ、あっ』

なにかに気がついたような、ふと気の抜けたような声がする。

「今度はなんだ。なにか思い出したのか？」

『え、ええと……その、いました』

「誰が」

『日都新聞の記者です……こっちにカメラ向けて撮ってます……』

「――――」

ここが議員会館だということも忘れて、土岐河は大きな声を放っていた。

「——さっさと押さえろ！　動け、バカ者が‼」

がちゃがちゃと音がして通話が切れた。

「はあ、はあ、はぁっ……」

「バカ者？　なんの話だね」

スマートフォンの画面をにらみつけて息を荒くする土岐河に、怪訝《けげん》な顔で声を掛けたのは財務大臣だった。

「だ、大臣……なんでもありません」

「……なんでもない人間の顔か？　今日はもう休んだらどうだね」

「ご心配をおかけして申し訳ありません。大丈夫です」

その言葉には答えずに大臣はさっさと歩き出す——「当然だ。さっさと動け。きびきび働け」と背中が語っている。

舌打ちしたくなるのをぐっとこらえて土岐河は大臣の背中を追った。

「——待て、記者風情《ふぜい》がコラァ！」

藤野多未来結社から貴島が飛び出すと、カメラを向けていた綾乃がぎょっとして走り出す。

「クソが、あの女、なめくさりやがって——」

「――早速トラブル？　手伝い要るか？」

「！」

振り返るとそこには5人の男がいた。どぎつい赤や青のスタジアムジャンパーを着ており、顔つきは日本人のそれとはすこしだけ違う、大陸系を思わせる。

どうする？　コイツらをほんとに使っていいのか――と貴島が迷ったのは一瞬だった。

ここでうまくやらなければ自分が切り捨てられるのだ。

やるしかない。

「アンタたち、来てたのか。すまねえが、あの逃げてった女を捕まえたい」

「わかっタ」

直後、男たちの顔色が変わった。

「シャアアアッ！」

「シャアッ！」

短いかけ声を掛けると一斉に走り出した。

そのジャンパーがめくれたところに――ちらりと、黒光りする金属の光沢が見えて貴島はぎょっとする。

「え、拳銃？　まさかないよな？　持ってないよな、そんなの……!?」

だが時すでにおそし。彼らは綾乃を追って走り去っていた。

◇

ヒカルの前に――仮面を着けたシルバーフェイスの前に転がるように出てきた綾乃は、こちらに向かって走ってくるが、足をもつれさせて前のめりになった。

「わっ、わあああ⁉」

両腕でカメラを抱えた綾乃は、そのまま上半身が地面に叩《たた》きつけられることを予想してぎゅっと目を閉じたのだけれど、

「――っと」

「⁉」

とんっ、という衝撃とともに彼女の身体は抱き止められた。

「え、ちょっ、え――」

「すこしの間、口を閉じててくれ」

ヒカルは綾乃の身体を抱き上げると――その細い身体のどこにそんな力があるのか綾乃はさっぱりわからないだろう――跳ぶように駆けていって商店街に並ぶ建物の隙間に身体を滑り込ませた。

直後、追っ手が飛び出してきた。

「あっちダ！」

彼らはヒカルたちのいる場所へ走ってくる。

「シャァッ!!」

「に、逃げ——むぐっ」

綾乃がしゃべろうとしたその口をヒカルの手が塞ぐ。

男たちは、真横にふたりがいるのに——ちょっと横を見れば気がつくはずなのに、まったくその様子もなく走り去っていく。

「…………」

「…………」

足音が遠のき、彼らが次の交差点で横の道に曲がるまで10秒ほど、ふたりは黙っていたが、その姿が見えなくなると、

「な、な、なんで……？」

ヒカルの手から解放された綾乃の口から疑問の言葉が飛び出した。

一方のヒカルは手に綾乃の唾液がべったりとついていて「うげ……」と声を漏らす。

「ちょっ!? 乙女の貴重なツバが手についたんだから喜ぶべきじゃないかなぁ!?」

「あ、そういう趣味ないんで」

「趣味とかじゃないでしょ！　——ってそれより、どうしてアイツらに気づかれなかった

の？　もしかして、魔法!?」

惜しいけど違う。向こうの世界から持ち込んだ力ではある――ヒカルは綾乃をつかんで「集団遮断」を発揮したのだ。

この明るい昼間に、あちらの世界の武人からは隠れとおすことはできないだろうけれど、こちらの世界ならば簡単に隠れることができる。

「――さて、と。とりあえずここを離れるぞ」

ヒカルと綾乃がやってきたのは、商店街から離れた場所にあるコンビニの駐車場だった。綾乃にミネラルウォーターを渡し、ヒカルはコーラを口にする。

「なにがどうして、昨日の今日であんな怪《あや》しげな連中に追われているのか教えてもらわなきゃならないようだな……!?」

「いだっ!?　いだだだ！　ちょっとちょっと！　乙女の顔をつかまないでぇ！」

ヒカルがアイアンクローを決めると綾乃は泣きながら逃げた。

それから彼女は話し始める――このままでは新聞記者として引き下がれないので取材を進める中で、藤野多未来結社というUターンしてきた若者の会社を発見し、そこが堂山老人の土地を買おうとしているらしいとわかったので写真を撮ろうとした。

「そんな短絡的な……」

「でもその会社にいたのよ？　堂山さんの家に来てた貴島ってヤツ」

「えぇ？」

「ほら、ここに写真が――」

と綾乃はカメラを操作するが、付属のディスプレイにはなにも写っていない。

「あ、あれぇ!?　なんで写真がないの!?」

「……記録用のメディアが入ってないじゃないか」

「えー!?　で、でもほんとにいたのよ！」

付き合い切れんとヒカルは思った。まあ、写真があろうとなかろうと、綾乃がカメラを向けた結果、謎の連中が追いかけてきたのだから彼女の言っていることは正しいのだろう。

「写真はいいや、もう」

「もうってなに!?　私には期待してないってこと!?」

「最初におれを撮ったときはなんで上手くいったんだよ……」

「それよ！」

「……なにが？」

「あなたを撮影したときにカード抜いたじゃない！　だからカードがないのよ！」

「いや、予備のやつ入れろよ」

「そんなのないわよ！」

「用意しとけよ。仮にも新聞記者だろ」

「あーっ！　もう！　そういうところよ！　そういうの、デスクに言われまくって耳がもげるかと思うわ！」

「それを言うなら耳にたこができるだろ」

「なんで異世界人のあなたが私よりこっちの世界の言葉に詳しいのよ！　やっぱりあなた日本人でしょ！」

探りを入れられるが無視した。

「しかし……日本の議員秘書が、金儲《かねもう》けのために地上げ屋を使うって、なんて古くさい手法かと思っていたけど、ちょっときな臭くなってきたな」

「え？　なにがきな臭いの？　十分トラブルまみれだと思ってるけど」

「さっき、アンタを追ってきた連中、日本語がちょっと怪《あや》しくなかったか？」

「あー。うん。変だったかも……？」

こいつ、逃げるのに必死でわかってなかったなとヒカルは思う。

「それに……」

ヒカルは見たのだ。はためくスタジアムジャンパーの下、ジーンズの腰に差し込まれていたのは黒光りする拳銃だった。

「それに？」

「……いや、なんでもない」

確証はない。ヒカルとて本物の拳銃を見たことはないからだ。それに、大体この日本に拳銃を持ち込んで撃つなんて現実的ではない。

「とにかく、次のアクションだ」

「わかってるわ！　警察ね！」

「……んなわけないだろ。写真もないってことは証拠もないってことだぞ。なにを話してどうやって信じてもらうつもりだよ」

「た、確かに……」

綾乃がしゃがみ込んでへこんでいる。ちょっとは反省しろとヒカルは思う。新聞記者のくせに必要なタイミングで証拠写真を確保できないとか、悪夢もいいところだ。

「……土岐河の会食動画を、日都新聞以外に流すんだな。日本のメディアが信用ならないなら海外にしたらいい」

「!?」

驚いた顔で綾乃がヒカルを見上げる。

「海外の報道機関なら土岐河とのしがらみもないだろ。だから記事にできる。記事になったら日本の報道機関は無視できない……これだけネットワークが進んだ社会ならな。堂山老人も注目を浴びることになり、彼の持っている土地に手出しする人間はいなくなる。ただ、その場合、アンタは日都新聞の中から告発することはできない。おそらく日都新聞は無傷だろう――どうする？　決めるのはアンタだ」

真実を明らかにし、堂山老人を助けることが第一なのか。

それとも日都新聞に一撃を加えてやることが目的なのか。

ヒカルとしてはその二択を突きつけたつもりだった。

「……わ、私には」

綾乃の手が震えている。

それはそうかもしれない。

正義を貫くには自分の望みを捨てろと言われたようなものなのだから――。

「私には、海外の報道機関にツテなんてないんだけど……」

「…………」

え？

「だから、ツテなんてないから、どうやっていいかわかんないわよ！　それに、いちいち話が難しいの、あなたは！」

「いやいや、今の驚きの表情とか震えとか、そっち!?　そっちなのか!?　二択に困ってるのかと思ったら、ツテがないことに愕然《がくぜん》としていたのか!?」

「どうせ友だちいないわよ！」

「今そんな話してないよ！」

「大体、なんなのよあなたは、どうして日本の社会とか報道とか政治とかに詳しいの⁉

異世界にいたのに⁉」

「……ノーコメント」

「ほらぁ！　肝心なところはいつもはぐらかす！」

ヒカルはため息をついた。この人を相手に、何度ため息をついただろうか。

「じゃ、海外の報道機関にタレ込むってことでいいんだな？　そこまでなら手伝ってやる」

「え、ほんと⁉」

喜色満面、という綾乃に、

「だけどそうしたら、日都新聞はなにも変わらないと思うが、いいのか？」

「いいわよ」

「そ、そっか」

むしろヒカルのほうが戸惑った。

デスクや会社への憤《いきどお》りをバネに、ジャーナリスト魂を燃やしているのかと思っていたのに、全然執着がなさそうなのだ。

けれど、

「私、あなたに出会えてよかった」

綾乃は、なんだか含みのある笑みを浮かべた。

「おれは最悪の気分だよ……」

「は!? この才媛をつかまえてどういうことよ！」

「才媛じゃなくて災厄の間違いだろ。とりあえずネットワークのつながってるところに行くぞ」

大容量の動画ファイルを送る必要がある。

ヒカルは綾乃とともにインターネットカフェを探したが見つからなかったので、公衆Ｗｉ－Ｆｉが飛んでいるコミュニティセンターへと向かった。

海外の報道機関を片っ端から当たって、匿名の通報窓口から連絡を取るのだ。

新たにメールアカウントを作成する。

英語のページならばヒカルもある程度わかるが、いちいち通報の文面を書いている時間はもったいないので日本語で綾乃に書かせて、それを機械翻訳して貼り付ける。

「いつ連絡が来るかしら。1時間？ 2時間？」

「いや……欧米メディアばっかりだから時差を考えろよ。アメリカは今は真夜中だぞ」

「あっ」

土岐河と丸見川エステートの社長との会談についてはファイル共有サイトにアップロー

ド済みだ。それを見て、勝手に記事化してくれれば十分だとヒカルは思っている。

「ま、とにかく賽《さい》は投げられたってことだ」

◇

夕方――議員事務所の秘書室でひとり、書類仕事をしていた土岐河のデスクの電話が鳴った。事務所の人間からで、英語で電話をかけてきた者が土岐河を出してくれと言っているという。

「英語で……私に？」

腑《ふ》に落ちないものを感じた。なぜ英語なのか。なぜ大臣ではなく第一秘書の自分なのか。

ともあれ電話に出てみないことにはわからないだろうと受話器を取った。

「Hello」

こう見えても土岐河は英語だけでなくフランス語も話すことができる。彼の主の国会議員である財務大臣は英語を話すどころか毛嫌いしているので、内心では「時代遅れの遺物め」とバカにしているほどだった。

『――――』

英語が話せる人物だと安心したのか、向こうは立て続けに話しかけてきた。その勢いに一瞬焦るが、落ち着けばどうということはない――それはアメリカでも一、二を争う知名度の高いメディアだった。

彼はこう聞いた。

――日本国政府の大規模DXプロジェクトにかこつけて、あなたが土地を買収しているのはほんとうか？

なんの話かわからない、と言っても向こうは確信を持って聞いてくる。土岐河が知っている範囲でも、確かに、あの夜に丸見川エステートの社長と話した内容だった。

どくん、と心臓が跳ねる。体温が上昇し、受話器を握る手が汗ばむ。

（……日都新聞と同じだ）

古巣の政治部デスクは映像を入手したとか言っていた。そんなことあるはずがないので完全否定しておいたが、

（まさか、ほんとうにそんな映像があるのか……？　いや、日都新聞が、情報を流した？なんのために？　まさか、この私を本気でつぶす気か？）

その理由がわからない。日都新聞は土岐河から情報を得て、土岐河は日都新聞から情報を得る、お互いＷｉｎ‐Ｗｉｎの関係だったはずだ。先日のデスクの態度を考えてみても、今の土岐河を「怒らせたくない」という思いが伝わってきた――滑稽《こっけい》なほどに。

アメリカの記者は、最後には「この内容は精査して記事にする」なんて言い出した。このまま突っぱねるのは簡単だが、来年の選挙を控えているのに変な記事が出るのはマズい。

あわてて土岐河は言う。きちんと取材をするべきではないのかと。私は逃げも隠れもしないから日本に来れば取材には応じようと。

この言葉は向こうにも響いたようだった。先方は予定を調整したいと言って電話を切った。

「……なんなんだ。なんなんだァッ！　これは!!」

受話器を叩《たた》きつけ、土岐河は吠《ほ》えた。

ここにきての失敗の連続だ。疫病神にでも取《と》り憑《つ》かれたのかと言いたいほどに。

「――うるさいな」

「!!」

がちゃりと部屋のドアが開き、そこにいたのは大臣その人だった。

「今日は個人的な用があるから、君はついてこんでいい……そう言おうと思ったが、なにを吠えておった？」

「あ、いえ……これは」

ネクタイとジャケットを直す。落ち着け――落ち着くんだ。この国会議員は、取り乱した身内をなにより嫌う。

「もしやとは思うが、例の用地買収の件、うまくいっていないのではないかね？」

「……そんなことはありません」

「ではなにを叫んでいた？」

「申し訳ありません」

「謝れと言っているのではない。後一度だけ聞こう。なにを叫んでいた？」

「…………」

黙ってろこの古狸《ふるだぬき》。お前の時代はもう終わりがすぐそこまで来ているんだ――。

そんなこと言えるわけもない。

「……日都新聞での社内政治に巻き込まれそうで、今は大事な時期なのだから巻き込むなと言っておきました」

「ほう？　ちゃんと握っているのか？」

「問題ありません」

「ならばいいんだがな……」

それで納得したのか、大臣は背中を向けて去ろうとしたが、

「――用地買収の件、確実に成功させるように。来年の選挙に向けて金をいくらか融通せねばならんところがある。お前ができないのなら、他の者に任せてもいいんだ」

「承知しております」

「ならばいいんだがな」

もう一度、さっきと同じセリフを言って去っていった。

「…………」

ここが議員事務所でなければその場に座り込みたいところだった。

金。金。金。

土岐河が師と仰ぐべき大臣は、金の力を完璧に理解しており、使いこなしている。今回の用地買収で手に入る利益を、どこに使うのか。それは1円単位できっちり決まっているのだ。

使い道には、当然、筋の悪い連中も含まれている――土岐河はそういった人間の力を使うことを許され、堂山老人を脅すのにも使っている。

他の者に任せる、なんて言葉を大臣は口にした。それは他の秘書を使うということだ。そうなれば次の選挙で自分が出馬するという未来は不確かなものになる――また何年も、カバン持ちをしなければならない。

いや……それはまだマシなほうだ。

大臣が手に入れるべき資金が入ってこなかったらどうなるか――筋の悪い連中が自分を狙ってくるかもしれない。カバンを持つ指が残っているかどうか、あやしい。

そんな未来は冗談じゃない。

だがそんな土岐河を嘲《あざわら》うようにまたも電話が鳴り、今度はフランスの記者から連絡があった。土岐河はこの記者にも日本に来るように伝える。また電話が鳴る。その次もまた。

「どうなってる……⁉」

世界中のメディアに、自分の情報を送りつけたに違いないと土岐河は推測する。

途中から、「フェイク動画についての連絡ですね？」と言ってやり、記者の気勢を削《そ》ぐのに成功したが、それでも告発内容に未練がありそうな反応だった。

連絡があったのは5件、それ以降は事務所の人間に対応マニュアルを教え、何件連絡があったかを後で報告しろと言った。

アメリカだけでなくヨーロッパやアジアからも連絡があったところを見るに、偶然この時間帯に連絡が集中したようだ。あるいは、記者同士のネットワークでなんらかの情報交換があったのか……。

「短期決戦だ……」

急ぐ必要がある——土岐河は自分の手のひらを見つめた。まだこの指は残っているし、今ならば多少強引なやり方でも効く。

藤野多未来結社という隠れ蓑《みの》を使い、手続きに丸見川エステートを使う。そういう絵を描いていたが、堂山老人は思いのほか強情で、買収は進んでいない。だから貴島に現場を任せて、その武力として筋の悪い連中も使うことにした。

だが、もっと急がねばならない。

土岐河はふだんは使わないスマートフォンを取り出した。これは自分の名義ではなく、丸見川エステートから借りているものだ。社長を呼び出すと、すぐに出た。

「……大陸の連中が藤野多町に到着しているはずです。貴島がハンドリングしています」

用件から言うと、電話の向こうで社長があわてているのが伝わってきた。

『それはマズいですよ、先生。ああいう手合いは頭のネジが数本飛んでるんです。なにやらかすかわからんですよ』

「あなたに任せておいた結果が今でしょうが？　その連中をどうにかするのがあなたの仕事でしょう？」

『し、しかしですね……大陸のヤツらは先生がどこぞから連れてきたんでしょ？　私どもにツテはありませんし……』

丸見川エステートの社長が言っていることは事実だった。

国内で隠然たる権力を持っている大臣と比べて、土岐河が採りうる手段は少ない。なにをしても大臣にバレる。

そこで目を付けたのが国外だった。欧米人だと目立つので、数年前、東アジアの会社にコンタクトをとり、今ではこうして人を借りることもできる。

いや、人だけではない、資金もだ。

彼らも日本の政権に食い込む手段を模索していたので土岐河の提案は渡りに船だった。

資金も人手も桁違《けたちが》い。これならば財務大臣だろうと内閣総理大臣だろうと相手になると土岐河は自信をつけたものだ――大臣はうっすら土岐河の動きに気づいていたようで、「やり過ぎるなよ」とだけ言っていたが、それは力をつけた自分への恐れが混じっているのではないかと土岐河は思っている。

その力を、ここで使わずいつ使うのか。

「社長、あなたが私とやってきたこと、やろうとしていることはどう見ても法に触れているんですよ。もしこのことが露見したら、手が後ろに回るどころか、御社の免許は取り上げられて社員全員が路頭に迷うんですよ？」

『そ、それは……いや、先生、このことバレそうなんですか⁉』

チッ、口が滑ったなと土岐河は思うが、これも利用してやれと思い直す。

「調べ回ってる記者がいるんです。買収さえ完了してしまえば後は知らぬ存ぜぬで通せます。やるなら今なんです」

『やるなら……今……』

「手荒なことをしてもいい。さっさと土地の買収を終わらせてください」

通話を終えると、土岐河はフーッと息を吐いた。

　やれ、と言ってしまった。これまで明確に、人を害するような指令は避けてきたが——起こりうる最悪の事態を想定すれば、老人がひとり死ぬような命令をした。

「……賽《さい》は投げられたのだ」

　奇《く》しくも、土岐河もまたその言葉をつぶやいたのだった。

第45章　演技派記者とスピリチュアルマフィア

「え……王都を空ける？　帰りが何日になるかわからない？」

話を聞いたとき、ポーラは唖然《あぜん》としてしまった——それくらい事態の進展は早かった。

「東方四星」は冒険者ランクBのパーティーであり、ギルドから指令があったときには従順かつ迅速《じんそく》に動くことを求められる。

「聖ビオス教導国から救援要請があってね……私たち『東方四星』の力も必要なのだそうだ。しかもあのルネイアース・オ・サークの大迷宮かもしれないのだからこれは楽しみだね。私たちが日本にいる間に、こちらの世界も大きな変化があったんだなぁ」

ソリューズは明るくそう言い、

「教皇聖下がお困りであるのでしたら、わたくしもお役に立ちたいと思います。ほんとうはポーラさんにもいっしょに行っていただきたいのですが……」

シュフィは残念そうだった。

今からビオスに行って帰ってくるので、10日なんてあっという間に過ぎる。おそらく年明けまでかかるだろう。

「では、『世界を渡る術』を使うのは……」

「……残念ながら、すぐに使ったほうがいいだろうね」

ポーラの質問にソリューズが答えた。

「私たちは万全を期して行くけれど、万に一つの可能性だってある……つまり私たちが全滅する可能性だ。もしかしたらポーラさんが『世界を渡る術』を使うことでヒカルくんとつながることができるかもしれないけれど、後顧《こうこ》の憂《うれ》いをなくすには、先にこの王都で『世界を渡る術』を使ってもらい、一度ヒカルくんたちにこちらに戻ってきてもらったほうがいいだろう」

「でも……」

ポーラはちらりとソリューズの隣に視線を向ける。

「——イヤよ！」

「イヤだにゃ〜〜〜！　日本に行きたい〜〜〜〜！」

大騒ぎしているのはセリカとサーラのふたりであり、ふたりは酒瓶を抱えて床に転がってふてくされていた。一応服は着ているが、日本で買ってきたネコの着ぐるみっぽい部屋着と、ペンギンのそれだった。

「……このふたりのことは無視してくれて構わないから」

「あ、はい」

そんなに日本が気に入ったのだろうか……と気になるけれど、今はヒカルとラヴィアのことが先だ。

「というわけで、今のうちに『世界を渡る術』を使ってしまおう。まだ彼らが向こうに行って4日しか経《た》っていないが、緊急事態だから」

「わ、わかりました」

そうしてポーラ、ソリューズとセリカは――ソリューズがセリカを小脇に抱えているのでこうしていると巨大な猫を抱えているふうに見えなくもない――毎回日本とこちらをつないでいる古びた倉庫へと向かった。

夜も更けており、王都といえど静まり返っていた。

セリカには悪いけれどポーラはうれしかった。想定より早くヒカルとラヴィアが戻ってくるのだ――ラヴィアがどんなものを見たのか教えてもらおう。そうして次の機会には自分もいっしょに……というところまで考えて、気を引き締める。

(いけないいけない。「東方四星」の皆さんは難しい任務に挑むんだから……)

歩きながらソリューズが、

「今回は、ポーラさんが『世界を渡る術』を使ってみるんだったよね」

「あ、はい。そうですね。私がやってみて成功するのなら、向こうの世界に縁がない人でもつなげることができるというわけですから」

そうすれば「世界を渡る術」を使うローテーションにもいろいろなバリエーションができるだろう。

この先のことを考えての実験だ。

もちろんそのために「世界を渡る術」を5回実行できるぶんの魔術式と触媒がストックされていた。用意は周到である。

「あ、あの先を曲がったところですね」

「ああ。……セリカ、いい加減ふてくされてないで起きてよ」

「うぇーん！　年末のイルミネーション見たかったし、テレビの特番だって観たかったのよ！」

「そんなにかい？」

「日本に戻ったっていう実感があるのよ！　年末年始は！」

「そうか。そしたら来年また行こう」

「来年なんて遠いよぉ！」

セリカはまだめそめそしているが、抱えたソリューズは容赦なく前へと進んでいく。

そうしてふたり（＋荷物のひとり）は角を曲がったところで——足を止めた。

「……え？」

そこは、古びた倉庫や使われていない家屋が並んでいる通りのはずだった。

だが――なくなっていた。

使っていた倉庫と、その両隣の倉庫が。

壁が壊され、瓦礫《がれき》が積まれている。

「な、な、な……!?」

立て札があり、そこにはこう書かれていた――「建て替えのため、工事中。危険につき近寄らぬように」と。

ヒカルが言っていたことがポーラの脳裏によみがえる。

「世界を渡る術」の魔術式は、「四元精霊合一理論」の魔力を利用して初めて完成する。

この理論は、火、水、土、風の4種の魔力をほんのわずかな違いもなくミックスする――それこそ空気中に含まれる微量の魔力ですらも無視できない誤差となる――ことで、莫大な純粋魔力を引き出すという理論だ。

「四元精霊合一理論」を使わない「世界を渡る術」は不完全で、物の行き来はできるが人間は通れない。そしてなにより、極めて巨大な精霊魔法石が必要で、この触媒は最近とても不足していて全然手に入らない――。

「これは……大丈夫なのか、ポーラさん」

ソリューズに聞かれ、

「ダ、ダメです……たぶん、ダメ、だと思います……」

ポーラの声はうわずった。

「空気中に含まれる魔力すらも誤差になっちゃうんです……！　倉庫の中は空気が安定しているからこの場を選んでるってヒカル様は言っていました……！　だ、だから、ダメです……この状態ではきっと」

それは最悪の事態だった。

「『世界を渡る術』は成功しません……!!」

ポーラは思わず泣き出したくなった。瓦礫の横に、古びたイスが一脚置かれていた——

それは過去何度か「世界を渡る術」を実行したときに置かれていたイスだった。

間違いなくこの倉庫でヒカルは魔術を実行し、成功させたのだ。

そしてその倉庫は破壊されてしまった。

◇

先ほどから、奥の部屋からは日本語ではない言語での会話が聞こえてくる。落ち着いた口調ではあったけれど、どこかぴりぴりとした響きが感じられた。

「貴島先輩、アイツらなんなんすか……？　日本人じゃないっすよね？」

「………」

「俺たち、先輩だからついてきたんすよ。こんな町、なんもなくてつまんねーけど、先輩が盛り上げてくれるっていうから」

「…………」

藤野多町のマスコットキャラクターである謎の生き物のぬいぐるみを手でぐにぐに押し込んでいたのは、先日堂山邸に押し入ったサラリーマン風の男、貴島だった。

貴島が顔を上げると、そこには不安そうな3人がいる。

彼と同様にこの町で生まれ育ち、高校卒業と同時にこの町を捨てて東京に出て、そしていっしょに舞い戻ってきた。

東京でうまくいかなかったのかと言われると、そんなことはなかった。人並みに働き、人並みに稼いで――ベイエリアのタワーマンションに住めるほどでは全然なかったけれど――会社の人たちもよくしてくれた。

でも、上京して5年もすると気づいてしまう。

飲み会が終わってほろ酔いの頭で、終電も過ぎているというのにいまだ明かりの消えていないオフィスビルの森を見上げて――気づいてしまう。

俺もここの歯車のひとつなんだ、って。

誰のために働いているのかもおぼろげで、慣れてきた仕事をなんの感情もなく回し、大金をつかめるでもなく、特別な何者かにもなれずに生きていく。

「才能の限界が見えた」なんて言えるほど本気で生きてはこなかった。それでも、歯車にしかなれないのはしんどいなと思った。

のびのびとした田舎で育ったせいで、ドライな都会の人間関係に疲れていたのかもしれなかった。

気づけば、後輩たちに「藤野多町に戻らないか？」と声を掛けて誘っていた。

「……大丈夫だ。藤野多未来結社はちゃんと活動できてるだろ。こないだは町長にだって会えたんだし」

貴島は言う。

町長には会ったが、それは「君らちゃんと生産的な活動してるの？」と牽制《けんせい》されただけだった。結社は藤野多町の制度を利用して、このオフィスも3年間無料で借りているし、あちこちの地元企業に口利きもしてもらっている。

出ていった若者たちに戻ってきてもらいたいという町の考えではあるのだけれど、町長としては帰ってきた若者たちが「ちゃんと」活動しているのかもチェックしなければならないのだ。

「いや、でも先輩……その、なんていうか。先輩ひとりでなんかヤバい仕事に手を出してないっすか？」

「そうっすよ。チンピラみたいな連中とつるんでるって聞いて……」

藤野多未来結社は、お世辞にも「ちゃんと生産的な活動」をしているとは言いがたかった。売上は出ず、オフィスの賃料はゼロでも生活費は必要だ。東京で貯金していたお金は3か月で底をついて、あとは借金生活だった。

そんななか、出会ったのが丸見川エステートの社長で、彼の勧める仕事を引き受けていたらどんどん周囲にはガラの悪い人間が増えて、しまいには国会議員秘書とのつながりができ、

「そうっすよ先輩、奥の連中、何者なんすか……⁉」

大陸系の人間――マフィア絡みの連中までやってきた。

丸見川エステートの社長が、藤野多未来結社を使って堂山老人の土地を買おうとしていることはわかっていたし、なんで藤野多町の土地を欲しがっているかなんて知りもしなかったが、それでも大金が動いていることはなんとなくわかった。自分がとんでもなくヤバいことに片足を突っ込んでいることも、なんとなく。

だからこそ貴島は後輩たちを巻き込むわけにはいかなかった。

これは先輩としてのカッコつけでもなんでもなくて、単に自分自身の身を守るだけで手一杯なのに、後輩たちまで守ることなんて不可能だったからだ。自分だけなら最悪夜逃げでもしようと考えているのである。

「だ、大丈夫だっつってんだろ。連中はちょっとばかし日本語が不自由なだけだ。奥の部

屋を借りたいっていうから貸してるだけで……」

がちゃり、と奥の部屋に続くドアが開いた。

ぬっ、と出てきたのは身長190センチはあろうかという巨漢だ。頭は剃《そ》っていて、ついでに眉毛も剃っていて、まつげもなくて、見た感じ体毛はなかった。それが分厚いダウンジャケットを羽織っているのだからいかにも狭苦しそうに外へと出ていった。藤野多未来結社の社員には目もくれずに。

彼に続くようにぞろぞろと10人ほどの男たちが出て行くが、最初に出会ったカラフルなスタジアムジャンパーを着ていたうちのひとりが、

「……世話になっタ。もう、アンタたちは要らないって」

吐き捨てるように言った。

男は頬から耳にかけてざっくりと斬られたような傷痕があった。

「え……な、なんだよ。どういうことだ？」

「マルイガ？　マーイガー？　の社長が言ってた」

「丸見川エステートか？」

「そう、それ」

他の人間は出て行ってしまったが、ひとりだけ残った彼はにやりとした。

その細い目に潜む感情がどんなものなのか、藤野多未来結社の4人にはわからない。

ただぞくりとするような——生物の本能が感じ取る危険性だけが伝わってくる。

「ドーヤマの件は、俺たちがやる。邪魔するナ。ケガでは済まない」

「…………」

「それにこの件は、面白イ。山が……騒いでいる」

「山が……なんだって？」

聞いてみたが答えはなく、そんなことを言われたことすらすぐに忘れてしまった。

なぜかと言えば、男がくるりときびすをかえしたとき、めくれ上がったジャンパーの下のベルトには確かに——拳銃がねじ込まれていたからだ。

「…………」

「…………」

「…………」

「…………」

4人は呆然《ぼうぜん》としていたが、マフィアの連中がいなくなると——後輩のひとりがぺたん、とその場に座り込んでしまった。

ヤバい案件に手を出してしまったことを彼らは思い知ったのだ。

「ど、ど、どうするんすか……先輩……あ、あれ、ピストルでしたよね⁉」

「バ、バカ、こういうときはチャカって言うんだよ！」

「ひええっ！」

「お、落ち着けお前ら」

貴島は言うのだが、

「お、お、落ち着いてなんていられないっすよ！　実家に帰ります、俺！」

「実家はこの町だろ」

「いけねえ、そうだった」

「そういうときは故郷《くに》に帰らせていただきますって言うのが正しくてな……」

「だからその故郷がここだろ」

「ひええっ！」

「——だから落ち着けって！」

貴島がバンッとデスクを叩《たた》くと、

「撃ったぁ！」

「伏せろ！」

「ひええっ！」

三者三様でその場に伏せてしまう。こういうとき、他人が取り乱しているのを見ると落ち着いてくるんだなと貴島は知った。

「……まずは、掃除だ」

「へ？　掃除？」

「アイツらがまともじゃないってことはわかっただろ。奥の部屋に残ったゴミとか全部捨てるぞ。アイツらが触ったかもしれないところは拭き取れ。指紋を消すんだ」

「え、そ、それって……」

「……なんか事件があったとき、調べられたら困る。俺たちはここを出て行けって言われても行くあてがねえ」

言うと、後輩3人は互いに顔を見合わせた。

「せ、先輩……その、なにやらかしたんすか？　ていうか、アイツらなんなんすか？　ドーヤマって……前にうちらが、土地を売ってくれって話に行ったあの堂山さんのことですよね？」

「……知らん」

「知らんって、そんなの無責任じゃないっすか！　ここ、俺らの町ですよ!?　あんなヤバそうな連中呼んじゃったんですか!?」

「いいから、掃除だ！」

「ひっ」

バンッ、とデスクをもう一度叩《たた》くと、後輩3人は飛び上がって奥の部屋へと走っていった。

「……チクショウ」

貴島はひとり、イスに座り込む。

「なんでこんなことになっちまったんだ……」

町を盛り上げようとしてなにが悪い。

この居場所を守ろうとしてなにが悪い。

なんで、こんなことになったんだ……。

ぐるぐると頭の中で思考が入り乱れ、まとまらない。

――ここ、俺らの町ですよ!?

後輩の言った一言が、耳にこびりついて消えなかった。

◇

綾乃と会ったのは駅の近くにある小さな空き地だった。

こういう空き地がちょいちょいあるのだが、それらのうちいくつかが堂山老人の所有しているものであるという。

今日も晴れていたが、山から吹き下ろす風は冷たかった。

「……連絡があったのは3件か」

昨日の今日だったが、海外メディアにタレ込みしまくった結果として、3人の記者から連絡があったと綾乃は言った。そのうちふたりは「これはフェイク動画では？」と聞いてきたのだそうだ。

「なるほどなぁ……確かにちゃんと、隠し撮りっぽくする必要があったか」

「フェイク動画ってなに？」

とたずねたのはラヴィア——ではなくて、なんと綾乃だった。

「………………」

「え、ちょっ、なにその目は⁉」

「……仮にも記者だろ？　なんで知らないの？」

「一応聞いたことはあるんだけど、『あーはいはい、うんうん、フェイク動画ね』って感じで済ませてきちゃったのよぉ！　今さら聞けないでしょ⁉」

「本気でアドバイスするけど、記者辞めたほうがいいよ」

「ひどい‼」

ひどくはない。わからない単語が出てきたら自分で調べるなり誰かに聞くなりするのが記者だろうとヒカルは思う。

フェイク動画について説明してやると、「へえ〜」なんて綾乃は納得していた。

「確かに、あれだけ鮮明に撮られたらヤラセだと思うわよね！」

「まあ……そうだよな。ミスったな」

「そもそもどうやって撮ったの？」

「それは――って、言わせるんじゃない。企業秘密だ」

「企業じゃないくせに！」

　こうやって引っかけをしてくるあたりがいやらしい。

「で、どうするんだ？」

「どう、って？」

「こうして海外メディアが注目したのなら、もうこれ以上アンタが取材をする必要はないだろ。荒事《あらごと》になるかもしれない取材は、経験不足のアンタがやるのは危険だと思う」

「け、経験不足……それはまぁそうだけども……」

　真正面から指摘されてムッとした綾乃だったが、それはそれで事実なので認めたようだった。

「でも、堂山さんはどうするのよ。あの人が危険な状態には変わりないわ。警察は動く気配もないし」

「あの人は少なくともアンタよりは危機意識がちゃんとある。警備会社に連絡して警備を強化するくらいはやってるだろ。おれからしたら無茶な取材をしそうなアンタのほうがよほど危なく見えるけどね」

「む」

「いずれにせよ、タイムアップだ。おれたちはここで手を引く」

ヒカルがこちらの世界に来てから8日が経《た》っている。2日後にはセリカが「世界を渡る術」を使う予定となっているのだ。いつなにが起きるかわからないこの藤野多町で粘り続けることはできないだろう。

（ま、一応「東方四星」の4人にも話しておくべきだろうな……堂山さんのこと。たぶん気にかけてくれるだろうし、彼女たちが動けば注目度が違う。土地の買収なんてできなくなるはずだ）

もちろんヒカルが自らを「異世界人だ」と公表してラヴィアに魔法のひとつも使ってもらえれば同じだけの注目を集められるし、ヒカルの発言によって藤野多町が注目されることもあるだろう。

だけれど、今後も日本に来るかもしれないと思うと、そこまで目立ちたくはなかった。

「タイムアップ？　なにそれ？」

「あー……いや、こちらのスケジュールの話だ。ともかく無茶はするなよ、おれたちは明日には東京に戻るから」

「えっ、そうなの!?　いっしょに堂山氏を守ってくれるんじゃないの!?」

「そういうところだよ。マジで気をつけないと、アンタもさらわれるぞ」

「うぐっ……」

ヒカルはそう言うと、ラヴィアとともに綾乃の前から離れた。綾乃はこちらを恨みがましい目でじぃっと見ていたが無視した。

藤野多町の観光名所は温泉くらいしかなかったが、それでも探すと歴史のある古寺や名刹《めい》《さつ》がある。一応ラヴィアに聞いてみると「興味ある！」ということなのでふたりでお寺巡りをする。

鬱蒼《うっそう》と茂る杉林の真ん中にあるお寺の境内《けいだい》は広々としていたけれど、他に参拝客はいなかった。しん、とした閑《しず》かさは東京の喧噪《けんそう》と比べると同じ日本とは思えない。

石畳の上でふと立ち止まって、ラヴィアが言った。

「なにかポーラにお土産を買っていきたいのだけれど」

「そうだねぇ……こっちの世界の聖書が欲しいとか言ってるくらいだからなぁ」

ポーラのリクエストである「聖書」はすでに購入済みだ。一応複数の宗教の経典《きょうてん》を購入済みだったりする。

お寺で販売されているお守りを買ってみたが、これはお土産として適しているのか、そもそも世界の境界を越えても御利益はあるのか、謎である。

「それよりラヴィアはなにか欲しいものはないの？」

「わたし？」

「うん。本は買ってるみたいだけど」

リアルな書籍もさることながら、電子書籍を購入しておいた。電子インクの電子書籍リーダーは一度充電すると何十日も保つ。太陽光での充電器も入手したので、ダウンロードさえしておけば向こう何年も読めるだろう。

もちろん、リアルな書物のほうが耐用年数は長い。ヒカルが今いるような古寺には数百年も前に記された巻物や木簡なんぞも残っているのだから。長期保存の観点だけで考えればリアルな書物を大量に買うほうがいいのだけれど、さすがに持ち運びを考えると無理だった。

まあ、どうしても必要なものがあれば「世界を渡る術」を使えばいい——とヒカルは楽観的に考えている。

あちらの世界で倉庫が破壊されていたことを、ヒカルは当然知らない。

「欲しいもの……というわけではないのだけれど、こっちの世界で経験したことを全部覚えていられたらいいのにって思う。ううん、あっちの世界でのことも……というか、ヒカルといっしょにいられる時間を全部」

「……そ、そっか」

直球で好意を伝えられて照れるヒカルである。

「もしかして、写真をよく撮ってるのってそのため？」

スマートフォンを利用して、ラヴィアがパシャパシャと写真を撮っているのをヒカルは思い出した。

最初は写真が物珍しくて使ってるだけなのかと思っていたけれど、旅館にいるときのちょっとした時間にもラヴィアは写真をよく見返しているのだ。

「ん、そうだよ。でも、バッテリーが全然保たない……」

「まぁねぇ。ふつうに写真撮っていたら、1日がいいところだからね」

「これは向こうの世界に持って行けない……」

「ああ、それなら写真を印刷しようか？」

「印刷？」

首をひねるラヴィアにヒカルは説明する。数は限られるけど、これぞという写真を印刷すれば向こうの世界にも持って行けると。

するとラヴィアは目を輝かせた。

「印刷しましょ！」

「食いつくねぇ」

「それはそうよ！　だってポーラにも見せてあげられるもの」

こういうときにもポーラのことを気にしているラヴィアに、ヒカルはほっこりする。自分が欲しいものを聞かれているのに、結局ポーラのことも考えてしまうのだ。

「君は……」

そういうところがラヴィアのいいところで、ヒカルも好きなところなのだけれど。

「ん？」

「……いや、なんでもない。それじゃあとで印刷できるところを探そう。きっと駅前にあるよ」

「うん！」

ラヴィアは喜んで歩き出そうとして——止まった。

「そう言えばヒカル——あれでよかったのかしら？」

「ん？　なんの話？」

「佐々鞍さんのこと」

「僕はこの辺で手を引くべきかなって判断だけど……実際、他にできるようなこともなさそうだし。ラヴィアはなにか気になる？」

「うーん……どうなんだろ、なんだか違和感があるの」

「違和感」

言われてみると、ヒカルもなにか内心に引っかかりを覚えた。

それがなんなのかはわからない——ヒカルのスキルには「直感」があるのだが、これははっきりとなにがどうと教えてくれるようなものではない。

「ラヴィアは『直感』スキルを取っていないはずだけど……『女の勘』ってヤツ？」

するとラヴィアはふふっと笑ってみせた。

「なにもないならそれでいいけれど」

とラヴィアは言うのだが、こういうことは一度気になると止まらなくなるものだ。

取材はやめろと釘《くぎ》を刺したものの、納得したふうではなかった佐々鞍綾乃。

山を守ると頑《かたく》なに言う堂山老人。

ただのチンピラだけでなく、大陸系マフィアまで乗りこんできた。

「それに……あの山か」

地元の人は「緑山」と呼び、堂山老人は明らかに「御土璃山」と呼んでいた。

「ほんとうに神がいたりするのかな……」

調べてみるべきだろうか？　いや、残りは2日しかないので、できることは限られている。

「とりあえずやるべきは、堂山さんの身の安全かな……とりあえず一度佐々鞍さんに連絡してみよっか」

そう言いながらふたりはタクシーの配車を頼むと、やってきたのは以前も乗ったおしゃべりな運転手だった。

「おっ。お兄さん、まだ藤野多にいましたか」

「こんにちは」

乗りこむと、運転手はこのあたりの名所について話してくれるので、ヒカルはふと思いついてたずねてみた。

「堂山さんの邸宅の裏手には、御土璃山という山がありますよね」

「あーはいはい、緑山ですよね」

明らかに運転手は「緑山」のほうの発音だった。

「あそこはなんか薄気味悪くてねぇ、地元の人間は誰も近づかないですよ」

「え？　昔は、お祭りとかしてたんですよね？」

「よくご存じで！　まあ、お祭りにもいろいろあるじゃないですか。収穫を祝うものもあれば、貴重な本尊のご開帳をしたりとか……でもあそこのはちょっと違うんですわ」

運転手はそこで、ぐっと声を潜めた。

「……祟《たた》りが起きないように封印してたんですよ」

いきなりオカルトワードが出てきた。

「祟り？」

「ええ……。そこに住んでる悪い神様が近隣の住民に祟るとか言われているんです」

「どういうことです？　なんかちょっとよくわからないんですが」

「私にもわかりませんが、実際そういうことがあったそうなんですよ。頭がちょっとおかしくなっちゃったとか、幽霊が見えるようになったとか。実際、陰気な場所ですしねえ……それで気持ちがやられちゃうんじゃないかとか思うんですが」

その辺は旅館の女将《おかみ》さんに聞いた内容になんとなく近いとヒカルは思ったが、女将さんは「お化けが出る」と言っていたのですこし違う。

「運転手さんは山のお社《やしろ》にお参りに行ったことがあるんですか？」

「いやぁ、それがまぁ、若いころのヤンチャといいますかね。怖い場所があるなら度胸試しをしたくなるものでしょ？　そのころにはもう緑山には入れないよう封鎖されていたんですが、こっそり、ねぇ？」

「はぁ……」

肝試《きもだめ》しをしたらしい。

「……だけどそんときの仲間のひとりがですね、幽霊が出たとか言ったんですよ。緑色に光るヤツがいたって。それで泡食ってみんなで逃げましたわ」

「緑色？」

「蛍光緑みたいな色だったたって。まぁ、後々考えてみたら、ほら、手には懐中電灯を持ってるわけでしょ？　その光が仲間の目に当たったたんじゃないかって。視界に残って見えたんじゃないかなって」

「陽性残像《ようせいざんぞう》ですね」

「そんな難しい言葉があるんですかね？」

「本物の幽霊だったかはわからないってことですか」

するとと運転手はあっはっはと笑った。

「ええ、本物かどうかで言ったら、ニセモノなんでしょうねぇ」

それは幽霊の存在などまったく信じていないことをうかがわせる言い方だった。

「……ちなみにその場所に連れて行ってもらったりってできます？」

「ええ、できますよ。でも面白いもんですねぇ。そこに連れて行ってほしいって言われたのは今日で2回目ですよ」

「……え？」

「外国の方なんでしょうね、ちょっと日本語が拙《つたな》い感じでしたけども」

運転手はなんの気なしに言ったが、ヒカルはそれが昨日綾乃を追いかけていた大陸系マフィアだろうと「直感」した。

なぜ、彼らが御土璃山に注目したのか？

堂山老人の土地を狙っているだけではないのか——転売して儲《もう》けるために。

「ああ、そうそう。連れては行きますけど、あそこは私有地だから中には入ったらダメですよ？　そういうふうに前のお客さんにも言ったんですけどねぇ、ちゃんと入らないでいてくれたかなぁ」

運転手はそう言ったが、すでにヒカルは考えに没頭して聞いていなかった。

御土璃山の入り口は堂山邸からすこし離れたところにあった。山の斜面にちょっとした階段が付けてあるくらいで、ふだんは人は立ち入らないのだろう、周囲は雑然と草木が茂っている。

そして入り口付近には柵が設けられ、門には錠前が掛かっていた。本気で侵入しようと思えば柵を乗り越えればいいだけなので——実際、柵の向こう側の雑草は踏み荒らされていた。

「あーあ……こりゃあの人たち、入っちゃったかなぁ」

運転手が少々の罪悪感とともにつぶやいている。

「何人くらいで来ていました？」

「私が乗せてったのは3人でしたけど、駅のほうに残ったお仲間はもっと多かったですね。それこそ10人とか……？　よく考えればちょっと人相悪かったからなぁ、これって警察に連絡したほうがいいですかねぇ？」

それをどう見ても10代の自分に聞くなよ、と思うが、

「ええ、一応連絡したほうがいいのではないでしょうか」

と言っておいた。綾乃だけでなく、タクシーの運転手からも一報があれば警察も事件性があると考えるかもしれない。

警察に連絡とか面倒だなぁ、イヤだなぁ、なんて言っている運転手にヒカルは聞いた。

「ところで……お社《やしろ》はあそこですかね？」

「ああ、そうですよ」

緩やかな勾配《こうばい》の木立の向こうに建物らしき影が見えた。

「…………」

「どうしました？」

「いや……。町に戻りたいので駅まで乗せてもらえますか？」

「あれ。てっきり中に侵入するのかと」

この運転手、ヒカルも不法侵入するのだと思っていたようだ。

「しませんよ、違法なことなんて」

どの口が言うのか、さらりとヒカルはそう言って、ラヴィアとともに再びタクシーに乗りこんだ。

（……もうとっくにいなくなってるな）

ヒカルの「生命探知」の範囲にはいないようだった。お社になにかあるのかもしれないと「魔力探知」を使ってみたけれど、そちらの反応もなかった。

（連中はなにを探っているんだろう）

わからない要素がまた増えてしまった。

◇

山裾から飛び出し、平原を突っ切る一本の直線となっている高速道路の周囲には田畑が広がっていた。騒音防止のための巨大な遮音壁があったとしても、ビュンビュン通り抜ける走行音は外まで聞こえてくる。

そんな高速道路の外側、木々が目隠しになっているような場所に3台のワンボックスカーが停まっていた。

集まっているのは藤野多未来結社にいた10人の男たちで、派手なジャンパーを着込んでいる。そこへ5人が追加され、計15人がいた。

『追加の人員は5人だけか？』

仲間内では当然母国語を使う。

頬に傷のあるマフィアの男はここではリーダーのようだった。

新しくやってきた5人のうちのひとりが、

『はい。本部からは「これでも多すぎる」と……。あと、銃を使うと面倒が多いんで、そこが嫌がられているようです』

『ふん』

『……そんなにヤバい案件なんすか？　兄ィがここまで人数集めるなんて……俺らが聞いた限りだと、土地の買収ってことですが』

『目標はドーヤマという老人を脅し、情報を得ることだ』

『情報？　買収じゃねぇんですかい』

『本部はトキガワに貸しを作りたいようだが、俺は違う』

リーダーが言うと、集まった男たちは視線を交わす。

『ここにはそれ以上のものがあるってことだ。お前らにはわからんだろうが……』

『そ、それってもしかして……兄ィに備わってる霊感ですか？』

ひとりがおそるおそるたずねると、リーダーはフッと鼻で笑った。

『わからん者に説明してもしようがねえ。それより、いいか。計画を説明するぞ』

その一言でぴりっとした空気が流れる。

『俺が率いる10人はA班、発破を持ってきたお前ら5人がB班だ』

追加の5人が運んできた荷物は爆薬だった。

『決行は今夜22時半。降水の予報だ』

空には確かにどんよりと雲が立ちこめている。

雨が降りそうだが、場合によっては雪になるかもしれないという寒さだ。

『B班は22時までに予定の地点に到着し、以降は待機。俺の指示に従って発破《はっぱ》をセットしろ。A班はドーヤマの家に行く。以上だ』

『あの……兄ィ、いいっすか？　兄ィが手配した量の発破じゃ、あまりに微妙です。ビルは壊せねえし、せいぜいが車一台破壊するくらいだ。それに指示されたポイントはドーヤマの家から距離がある。なんのためになにを爆破するんです？』

『お前らが爆破するのは廃棄物の処理場だ』

『……へ？』

『そこにある、壊れた自動車を何台か見繕ってぶっ飛ばせ』

『い、いやいやいや、兄ィ、意味わかんないっすよ。なんのためにそんな……』

次の瞬間、質問した男の眉間《みけん》に銃口が押し当てられた。

『……お前らは兵隊だろう？　なんで質問をする？』

『す、すみません……』

『だが、まぁ、答えてやろう。今日の俺は気分がいいからな』

銃口が離れ、突きつけられた男は「ふぅ……」と息を吐いた。

『その処理場の近くには浄水場と、送電塔がある。つまりなにか問題があったら水と電気というライフラインのふたつに影響が出ることになる。警察は総動員で確認に動くだろう。だが夜間、しかも雨の中だ。現場検証ははかどらない……警察の大部分をそちらに足止めすることができる。その間にA班はドーヤマを締め上げる』

『な……なるほど。あ、でもそれなら警察に直接発破をぶち込んでもいいんじゃないですかい？』

『そんなことをしたら、警察は自身のメンツをかけて大捜索をするだろう。俺たちは日本の警察にビビッてるわけじゃあないが、今回は時間を稼ぐことが重要だ。つまり、「おそらく事故だろうが、事件の可能性もある」というところに留《とど》めておく必要がある』

おお……と男たちは声を漏らす。

『納得したか』

『はい！　兄ィ、ありがとうございます！』

『じゃあ、時間まで待機してろ』

全員が頭を下げる中、リーダーはひとりその場を離れた。ポケットからタバコを取り出すと火を点《つ》ける。

これでいい。これで手下は十分に働いてくれるだろう――。

だけれどあえて言わなかったことがある。

ただ堂山老人を締め上げるだけならば、警察の足止めなんぞをする必要はない。

本部向けのポーズとしては「土地の買収」もしておかねばならず、いちいち警察にバレそうな大きな騒ぎを引き起こす意味などないのだ。

『……なにが起きるか、わからないからな』

タバコをふかしながら見ているのは、堂山邸の方角であり、その背後にある山だった。

先ほど、お社《やしろ》を調べてみたがなにもなかった。

だがここに「なにかがある」と男は考えていた。

『それこそ、夜の雨じゃ隠しきれねえようななにかが……起きるかもな』

男はひとり、笑うのだった。

◇

ヒカルとラヴィアを乗せたタクシーが藤野多駅方面に戻ってきたのは夕方になろうという時刻だった。雲は厚みを増してきており、周囲はかなり暗くなっている。

「あ……運転手さん、停めてもらっていいですか？」

「はいはい。——駅はもうちょっと先ですけど」

「構いません」

精算をするとヒカルはラヴィアとともにタクシーを降りた。

「ヒカル、どうしたの？」

「――あそこに佐々鞍さんがいたんだ」

「えっ」

ヒカルはタクシーの車窓から偶然綾乃を見かけていた。

「あの先にあるのは藤野多未来結社だ」

「え、えぇぇ？　なんでまた？」

「懲りずに取材しようとしてるんだろうね……そうとしか考えられない」

手を引けと言っても納得してなさそうだったしなぁと思いつつも、さっきの今で考えなしに行動している――いや、考えはあるかもしれないが、ヒカルには考えなしにしか見えない――のはさすがに頭が痛い。

（もう見捨てちゃおっかな……）

なんて考えが頭をよぎってしまう。

ヒカルとラヴィアのふたりが藤野多未来結社のところへとやってくると、オフィスの前で綾乃と、堂山邸にも来ていた貴島がふたりで話していた。

「……もう、どっかへ行ってくれ。俺らには関わらないでくれよ！」

男はだいぶ疲れたふうで、結社の中からは心配そうな後輩たちが2人の様子をうかがっている。

「そうはいかないわ。こっちは被害者なんだから、知る権利があるのよ」

「よく言うぜ……暴力振るわれたのはこっちだよ。なんなんだよあの仮面を着けたバケモノみたいなガキは。アクション映画かと思っただろうが」

ひどい言われようである。彼らにだいぶ近づいたヒカルとラヴィアだが「集団遮断」を使っているのでまったく気づかれていない。

「それで？　あなたたちは誰に依頼されて堂山さんの土地を狙っているのかしら？」

「言うわけねえだろ」

「その人物はどこの土地が欲しいって言ってた？」

「言わねえっての」

「市街地？　もしかして山も？」

「だーかーら！　言わねえよ！」

「……ほんとうは知らないんじゃなくて？」

「そりゃ……お前、一応知ってはいるさ。だけど細かいところは知らねえ」

「それなら市街地かどうかくらいわかるでしょ」

「んなこと聞いてどうすんだよ？」

「話してくれたらもうつきまとわない」

「…………」

これは効いたのか、男はウッと黙り込んだ。

ヒカルとラヴィアは一応建物の陰に隠れてヒソヒソ話をする。

「……意外と上手なんだよなあ、情報の聞き出し方」

「……うん、ほんとに。だけど……」

「……だけど？」

「……なんだろ。佐々鞍さんって、どこの土地を買いたがってるかなんて調べたがってたかな……と思って」

「……どうせ裏にいるのは丸見川エステートって会社だろうから、細かいところを聞きたいんじゃないの？」

「……そうかな？　そうかもしれない……」

なんとなく腑《ふ》に落ちない顔のラヴィアである。

するとあちらで動きがあった。

「──わかった。もう俺らに関わらねえんだな？」

「ええ、約束するわ」

「買おうとしてたのは市街地だよ。特に駅前。あと駅の裏手にあるだだっ広い駐車場。アレがメインだ。最悪あそこが買えれば他はいいって言われた」

「……ほんとうに？」

「ほんとうだ」

「そう……」

なぜだかその瞬間、綾乃は眉をひそめた。

「な、なんだよ……別にウソはついてねえぞ」

「わかったわ。それならもういい」

綾乃はきびすを返して去ろうとして、ふと足を止めた。

「ああ、それともうひとつ――」

「はぁ!? 質問は土地のことだけだろ!?」

「――あなたたちのお仲間の、大陸系のマフィアだけど、今どこにいるの？ あの人たちは危険よ。警察に伝えたほうがいい」

「…………」

「ま、答えないならいいわ。確かに私が聞きたかった内容は土地のことだけだったし。でも……あんなのがこののどかな町をうろついていたら、住民は夜もおちおち眠れないでしょうね」

「…………」

綾乃は去って行った。

「……ヒカル、佐々鞍さん行っちゃったけど」

ラヴィアに言われたが、ヒカルは彼女を追わなかった。

藤野多未来結社の前で綾乃が去っていった方角を見据えていた貴島は、

「クソッ。クソッ！　んなこたわかってんだよ……俺がいちばん、わかってんだ……」

地面を蹴ると、オフィスへと入っていった。後輩たちが彼の周りに集まるが、彼はそれを手で押しとどめると奥の部屋へとひとり入っていった。

「……なるほどね。ラヴィア、もう行こう」

ヒカルはうなずいた。

「？　いいの？　佐々鞍さんに話しかけないで」

「ああ」

綾乃が去ったのとは反対側に歩いていく。

「——いろいろと見えてきた」

そうしてヒカルはラヴィアに、自分の考えを話した。

「まず佐々鞍さんだけど、あの人はおそらく大陸系のマフィアが堂山邸を襲うのを見越している。で、それを通報する気はない」

「……え!?　それじゃあのお爺《じい》さんが危険じゃ……」

「ああ。でも、事前に警察が動いていたらマフィアは行動を見合わせる。堂山さんが雇った警備員と違って警察は拳銃を持っているし、なにより警察は仲間意識が非常に強くて、もし警察官が傷ついたら地の果てまで追ってくる」

「なるほど……佐々鞍さんは襲撃のタイミングで通報して、自分はスクープ写真を撮りたいということね」

「そうだと思う」

「あの人って、抜けてるだけの人じゃなかったんだ……」

「抜けてるのは事実だったような気もするけど……でも、それがもしも演技だったとしたら、たいしたもんだよ、新聞記者は」

ふたりはそれからの行動をどうすべきか考えた。

日没は迫っており、周囲は急に暗くなってきた。

「……雨だ」

ぽつり、ぽつりとアスファルトに染みができると、小雨が降り始めた。

「雨……雨か」

ヒカルは考える。

「新聞記者を確保できなかったマフィア連中は、どうするだろうか……。本腰を入れた調査が始まる前にはけりをつけたいと考えるはずだ。つまり、彼らには時間がない」

「すぐにも行動を起こすということ？」

ラヴィアの問いに、うなずいた。

「……大勢で移動して、どこかを襲撃するにはうってつけの雨。彼らが今夜、行動を起こす可能性は高い——そして佐々鞍さんもそう思っているんじゃないかな」

ヒカルは、綾乃に対しても警戒心を強めていた。

もしかしたら今までの間の抜けた行動のうち、すべてとは言わないがいくつかは、演技だったんじゃないか——そんなふうに思えたのだ。

そうして藤野多町は雨の夜を迎えた。

第46章　新たなる異世界人は彗星《すいせい》のごとく登場する

「東方四星」は他のパーティーとともに国境を越え、聖ビオス教導国の聖都アギアポールへと到着した。シュフィ以外の3人は、ここに来るのは初めてだったけれども聖都を観光している余裕はなかった。

まずアギアポール郊外に駐屯《ちゅうとん》している中央連合アインビスト軍。

すでに人数は1千人程度まで減っており、他の兵士はアインビストに帰還している。残っている者は聖ビオス教導国で解放作業が続いている獣人奴隷を受け入れていた。

聖都内の混乱はだいぶ落ち着いてきたが、いまだ各都市との往来は少なく、モノの流れが滞《とどこお》って物価の高騰が始まっている。

極めつきは郊外に見える不気味な山だ。一般住民の目から見ても薄気味悪い、邪悪な瘴《しょう》気《き》をまとっている。

山の麓《ふもと》には陣が構えられており、そこにはビオス軍とアインビスト軍の両方が詰めていた。山に向けてバリケードが作られ、時折遠くから喚声《かんせい》が聞こえてくるのはモンスターと戦っているからだろう。

（……ビオスの兵士とアインビストの兵士が共同で事に当たっているのか。不思議なものだね。つい先日までは敵として戦っていたというのに）

ソリューズはそんなことを思いながら、陣内にある天幕に入った。

そこにはすでに数人の冒険者がいたが、その多くがポーンソニアから派遣されてきた者たちだった。見たことのない顔もあったが、それはビオスで登録している冒険者かもしれない。

ひとつ言えることは、ここに集められたのは各パーティーのリーダーということだ。

「よお、来たか」

ソリューズに話しかけてきたのはランクAパーティーのリーダーだ。ポーンソニア王国から派遣されてきた冒険者パーティーのひとつであり、王国王都に登録しているふたつのランクAパーティーのうちの片方でもある。

もうひとつのランクAパーティーは王都に残った。

ソリューズが小さく会釈して返していると、

「――集まってくれたようですね」

奥から現れたのは初老の司祭だった。自己紹介によれば、聖都アギアポールの司祭だということで、最前線の現場を担当しているが荒事《あらごと》はまったくの門外漢なので、ぜひとも皆さんの力を借りたい……ということだった。

回復魔法は得意なので、腕がなくならない限りは助けられますよ——なんていう冗談を口にしたのだが誰も笑わなかった。

「え、ええと……ではこの前線基地の指揮官に状況を説明していただきましょうか」

冗談が滑ってしまって気まずそうに司祭が引き下がると、代わりに現れたのは——女性だった。

ここで女性が出てくるのは意外だったが、ソリューズはその人物が誰なのかすぐにわかった。

中央連合アインビストでは、その頂点に君臨する「盟主」には「腕っ節」が求められる。早い話が、「いちばん強いヤツがいちばん偉い」というわかりやすい理屈なのだ。

それを決める場こそが「選王武会」であり、ソリューズは前回それに参加し——そして準々決勝で戦った相手こそがこの女性だった。

緊張した面持ちで入ってきた彼女は、ソリューズの姿を見ると気がついたのか、驚いたように口を開いた。

「——ソリューズ＝ランデか？」

「ジルアーテ殿、久しいね」

中央連合アインビストの副盟主にしてヒト種族であるジルアーテだった。もとは竜人族《ハーフドラゴン》という種族だと思われていたが、それは呪いの一種であって、それが解《と》けてヒト種族に戻ったのだった。

　ジルアーテはわずかに安心したように頬を緩ませた。

「そうか……確か、あなたはポーンソニアの冒険者だったね」

「ええ。依頼を受けてはるばるやってきました。詳しい話を聞きたいですね」

「もちろん」

　ジルアーテがテーブルに大きな地図を広げると、冒険者パーティーのリーダーたちも集まった。

「現時点で築かれている防衛ラインは今いるここだけだ。ダンジョンの入り口があるのはこの山の中央」

　山腹を指差す。

「左右は深い森になっているので、ダンジョンからあふれたモンスターがそちらに入り込んだ場合……今のところ手を出せない。さらに問題は森を越えた向こう側で、モンスターが平野に抜けた場合、主要街道は目と鼻の先だ」

「そちらに軍の展開は？」

「……ない」

　ソリューズの質問に、悔しそうに答える。

「アギアポールの備蓄を解放すれば半年はもつというのがビオスの見解だ。よって、街道がモンスターによって封鎖されたとしても半年は問題ないということになる。その間に……」

とん、とダンジョンの入り口を指で突いた。

「ダンジョンのモンスターを間引きしたい。できる限り。可能であれば踏破したい」

踏破、という言葉に冒険者たちはごくりとツバを飲んだ。

冒険者にとってダンジョンをひとつ踏破するというのは夢のような名誉なのだ。しかもそこには手つかずの財宝があるはずだ。

「——先遣隊はダンジョンに入っているのか？　詳しい情報が欲しい」

真っ先に食いついたのはランクAパーティーのリーダーだ。それに対してソリューズはうなずきながらも、表情をゆがませる。

「情報は……まとめてあるので、あとでレポートを見てもらおう。直接先遣隊メンバーに確認したいのであれば聴き取りの時間を設ける。だが、できる限り急いで出発してほしいのだ」

「なんでだ？　さっきは半年の猶予があるって言ったろ」

「先遣隊100人のうち、帰還したのは5人だけで、残りは今もダンジョン内で攻略中なのだ。かなり厳しい戦いを強いられているらしく、すでに10人が命を落としたと聞いている」

10人が死亡——しかもアインビストの獣人兵が。

その危険レベルの高さに、冒険者たちは緊迫した面持ちとなる。

「……我らが盟主も先遣隊におられるのだ」

「なに？」

「諸君らに依頼したいのは、ダンジョンの攻略であることは間違いない。だけれどそこには、盟主ゲルハルトの安否確認も含まれる。頼まれてくれるか？」

それは副盟主として威厳のある声という感じではなく——年齢相応の少女が、助けを求めているようにソリューズには見えたのだった。

◇

堂山邸の前に一台のライトバンが停まっており、その側面には全国的な警備会社の名前が記されていた。

夜更けの雨ではあったが、街灯に照らされたその警備会社名は遠目にもはっきりと見えるだろう。

「——堂山さん、それじゃ22時以降は夜間警備となるのでなにかあればすぐにコールボタンを押してくださいね。些細《ささい》なことでも急行しますから」

灰色のシャツにチョッキ、特殊警棒を身につけた警備員2名は雨の中、小走りでライトバンに乗りこむと去って行った。

そのライトバンが通り過ぎた脇の道――薄暗い路上に停められていた2台の車両には警備員も気づかなかったようだ。車両内には5人と5人、あわせて10人の男たちが息を潜めている。

頬に傷のある男――マフィアチームのリーダーが手にしているスマートフォンが着信を告げると、男は画面をタップする。

『……こちらB班、現場に待機してます。周辺に人気《ひとけ》はありません』

『浄水場の人間は？』

『夜間は無人になるようです。明かりはすべて消えています』

『事故など起きんという前提か』

ふん、と男は鼻で笑う。

『予定より時間は早いが、運が向いているうちに始めることにしよう。発破《はっぱ》の準備は済んでいるな？』

『はい。いつでも大爆発ですよ』

『……大爆発？』

男の声が底冷えするように冷たくなる。

『あ、い、いえ、小爆発です。あの量の発破だと……はい』

『連絡は正確に、手短に言え。すぐ爆破を始めろ』

つまらない冗談を言ったせいで怒りを買いそうになったB班は、大急ぎで行動を開始する。ばたばたと動く気配、車のスライドドアが開く音、すこし音が絶えて……スマートフォンからはなにも聞こえなくなったが通話の状態は維持されていた。

こちらの車内は相変わらず静まり返っている。

小雨が車両の屋根を打つ音だけが聞こえていた。

5分後に、ドンッ、という音が聞こえ、人の戻ってくる気配があった。

『……成功しました。ですが想定外で、浄水場に職員が残っていたらしく建物に明かりが点《つ》きました。その後、こちらへ様子をうかがいに来ました』

事前の確認がおろそかだったせいだろう、見落としがあることに男は舌打ちしそうになる。こういう手抜かりが作戦の失敗につながるのだ。

『……構わん。どうせそいつが警察に通報するだろう……こちらで通報する手間が省けたと思え』

もともと浄水場に職員が残っている想定であり、警察へ通報する役割をしてもらうつもりだった。浄水場の職員のほうが説得力があるからだ。

『逃走準備をしておけ』

『はい、いつでも行けます』

それからまた無言の時間が続き――、

『……兄ィ、聞こえます。サイレンが遠くから近づいてきました！』

『よし。B班は撤収。絶対に捕まるなよ』

通話を切ると、男は車内に告げる。

『A班、行動開始』

仲間は無言でうなずくと次々に車両から外へと出た。それを見たもう1台の車両からも仲間が出てくる。

彼らは全員、黒のコンバットスーツに目出し帽というスタイルだ。腰のホルスターには拳銃と、特殊警棒やダガーなどを装着している。

かなりの長さの脚立《きゃたつ》がふたつ、それに、なかなか見かけないほど巨大な木槌《きづち》が3個運ばれる。

頬に傷のある男も目出し帽をかぶると、雨の中を出て行った。

仲間が堂山邸の塀に脚立を立て掛け、上っていく。その行動は素早く、ただのチンピラではない、訓練された動きである。

確かに彼らは表向きは派手な格好をしたマフィアではあったが、警察や軍に所属していた経歴のある腕利きばかりだった。逆に、B班は爆破物を取り扱った経験のある者たちで、彼ら全員に共通しているのは、まっとうな勤務ができず道を踏み外した者であるということかもしれない。

全員ががっちりとした肉体を持っていたが、中でも飛び抜けて大きな巨漢が脚立に乗るとぐらぐらと揺れた。それでも危なげなく塀の向こうへと下りていく。

最後のひとりが脚立を回収しつつ敷地内に下りると、表通りには男たちのいた痕跡はなにひとつ残らなかった。

◇

堂山邸は広大な敷地に建てられた平屋だった。

一家族で住むにしても広すぎる日本家屋なのに、この夜、邸内にいるのは堂山老人ただひとりだった。

不用心と言えばそうだろう。だが、外にある庭園は見事なのに、邸内の調度品は質素もいいところだった。空き巣が入ったとしてもなにを盗んでいいか困ってしまうほどに。

つまるところ堂山家は、家の中に貴重品を置かないことによって空き巣から身を守っているのだ。実際、過去に数度空き巣に入られたことがあったが盗《と》られたものはなかった。

逆に、あちこちに取り付けてある監視カメラのデータによって空き巣は逮捕され――犯罪者のネットワークでは「堂山邸は忍び込む価値がない上に、捕まる危険性が高い。ハイリスクノーリターンだ」という情報が共有されていた。

堂山一族はお屋敷こそ贅沢《ぜいたく》だが、それ以上の贅沢をしない。

土地を持っていても金儲《かねもう》けに走ることもない。身の程を知らぬ贅沢をしてしまうと、それで身を持ち崩すことを、堂山一族は知っているからだ――これほどの名家になると、過去にそういった人間がわんさかいて、教訓の数には困らない。

堂山老人は「山を守る」ために生きてきた。

それを息子も理解しているし、息子の家族にも言い聞かせてある。最初こそ理解はされなかったが、老人が本気であること、息子もまた本気であることから、息子の妻も今では受け入れている。

地球の裏側にだって簡単に行けるし、スマートフォンひとつで有名人にもなれるこの世の中で、いかにも古くさい生き方だったし、異常とも思える一族だった。そしてそれはすべて『御土璃山』があるからこそだ。

この山がなければ、堂山老人だって家を飛び出してまったく違う生き方をしたかもしれない。

でも、この山を知れば、そういう生き方はできなくなってしまった――そうして、この年まで生きてきた……。

雨音がかすかに聞こえている。

堂山老人は、警備員が帰ると早々に床に就いていた。こぢんまりとした六畳間に敷かれた布団。老人は行儀良く両手両足を伸ばして目を閉じていたが、

「…………」

目を開けた。

身を起こし、枕元の明かりを点《つ》ける。襖《ふすま》がいつの間にか開かれており、縁側に黒ずくめの男が立っているのが見えた。

ぽたりぽたりと滴《しずく》を垂らしている。男の背後のガラス戸は開かれており——鍵を掛けていたはずだが、ガラスは円形に切られていた。

「……ふつうナラ、こういうところに警報を設置しておくものではないのカ」

明らかに日本語が母語ではないイントネーションだった。

堂山老人は一切動じたふうもなく言った。

「警報を置こうと置くまいと、入ってくる者は入ってくる。……好きに家捜《やさが》ししたらいい。この家にはなにもない」

「俺は盗みにきたんじゃナイ。これから俺の仲間がどっさりやってくる。この家を全部破壊するのに1時間もかからないほどに優秀な連中ダ」

「1時間？　30分もあれば警察は来るぞ」

「……ふつうナラ。だが今日は来ない」

男の、自信満々の口ぶりに老人は眉をひそめた。

「警備会社を呼んでもいいゾ。ダガ、銃を持たない者が来ても、死体を増やすだけダ」

男がホルスターから抜いたのは拳銃だった。これをモデルガンだと思うほど堂山老人は鈍くはない。

「……土地を売れと言ってくる者は過去に何十人もおったが、拳銃を持ってきたのはお前が初めてだ。ああ、ドスを持ち込んだ者はおったがな」

「ドス？」

「刀のことだ。昔は、そんなものを持って歩くバカ者が多かったんじゃよ」

「ほう……」

男は、拳銃を見せてもまったく怯《ひる》まない老人に、感心したようだった。

「つまり、こういった脅しには屈しないということカ」

拳銃を堂山老人に向けたが、老人は涼しい顔をしていた。

「……死ぬことをなんとも思っていないのダナ」

「この年になると、死は身近だからな」

「ふむ……なかなかの覚悟ダ」

男は銃口を下げたが、それは当然降参宣言ではなかった。

「つまりそれほどのものが山にはあるということだロウ？」

「……どういう意味じゃ？」

「山が騒いでいるのを感じるンダ……」

「!!」

「──お前も、感じられるのカ？」

先日堂山老人もヒカル相手に同じことを言った──「山が騒ぐ」と。

だが老人は、この男と自分の言葉とに明確な違いがあるように感じられた。それは男が日本語に慣れていないからとかそういう違いではなかった。

「なにを言っておる!?　この家に住む者にしかわからぬだろう、山が騒ぎよることは！」

「ふむ？　この家に住めばわかル……どういうこと？」

「どうもこうもない。もしお前らが山が欲しいのならなおさらだ、お前らに話すことはなにもない」

「そうカ。……お前はこう考えているのだな？　自分が死んでも土地は息子に相続されると。だが、その息子たちも死んだらどうダ？」

「……なに？」

「血縁すべて根絶やしにすればどうなる？　土地は国庫に帰納し、競売に掛けられるのだったカ、この国の法律では」

「バカな。そんなことをすれば事件性が高すぎて民間への競売など行われなくなるじゃろうな。それこそ数年もの間は」

ふー、と男は息を吐いた。

「……わかっていないナ、老人。俺にとって、土地なんてもはやどうでもいいんダ。ナメられたらケジメをつける。面倒なお前がいなくなれば山に入るのも自由ダ」

「土地が欲しかったのではないのか？」

「俺の組織や、関係のある日本人たちはソウだ。ダガ、手違いはいつでも起こりうる。俺はやりたいようにやる」

「！」

拳銃を向けられて、このとき初めて老人はうろたえた。

山を守ることが最優先である老人にとって、自分が殺されることなどたいしたことはなく、むしろあらゆる制約を無視して山に入られるというのは、なによりもあってはならないことだった。

そしてこの襲撃者は、本気でそう考えている——。

思わず、老人の視線が男から逸《そ》れた。

「？」

それを男は見逃さなかった。

このタイミングで視線を逸らすなんてあり得ない——つまりそれは、

「お前、まさか——」

男が言いかけたときだった。

ここにはふたりしかいないはずだった。

男と老人のふたり。

実際、目には映っていない。だけれどなにかがいる——男はそう感じた。なにかが自分に迫っていると。

「グッ!!」

勘に従って男は行動していた。

拳銃を持っていない左腕で腹をガードしたのだ。

瞬《また》きをした直後、そこには自分よりも小柄な——それこそ少年とも呼べる体格の人物がいて、自分に蹴りを放っているのが見えた。なんの前触れもなく、唐突に、まさしく降って湧いたようにそこに人間が現れたのだ。

ガードは成功した。

体格差を考えれば軽々と受け止められる、はずだった。

しかし左腕にめり込んだ蹴りの威力は想定をはるかに超える強さで、男の靴底は床から離れて上半身から背後へと吹っ飛んだ。

ガラス戸を破って、男の身体が雨の降る玉砂利《たまじゃり》の上に落ちる。ガラスの破片が周囲に飛び散る。これが昼間ならばきらきらと光って見えたかもしれないけれど、今は夜更けでありほとんど見えない。

『何者だ‼　警備会社の人間か⁉』

男がすぐに立ち上がって拳銃を構えると、とっさに出たのは母国語だった。

そこにいた——蹴り終えた姿で片足立ちしていたのは、男の見立て通り少年と言える体格の人物だった。

だが服装が異様だった。マントを羽織り、はるか昔の旅装束のような格好をしている。

そしてなによりおかしいのが、少年が顔に着けている銀の仮面だった。

「……おれの言ったとおり、今日、襲撃があっただろ？」

ヒカル——シルバーフェイスは背後の老人に向かって、そう言った。

◇

それより数時間前の夕方、雨が降り出すやヒカルは行動を起こしていた。

堂山邸をすぐに訪問し、彼にすべてを話したのだ。

「今日、襲撃があると。なるほど」

老人は淡々とヒカルの言葉を受け入れていた。それはまるで「好都合だ」と言っているふうに聞こえた。

そして堂山老人は忠告をしにきてくれたヒカルに感謝しつつも、このまま帰れと言う。だがヒカルとて、ここで回れ右してサヨウナラができるなら最初から話をしに来たりはしない。

「おれならアンタを護《まも》ることができる」

「それには及ばん」

「おれを巻き込んでしまうことを心配しているのか？　それとも、おれが敵の一味ではないかと心配しているのか？」

「違う」

老人はあくまでも淡々としていた。

「ワシが殺されれば、事件になる。そうなれば連中は御土璃山に手を出すことはできん」

「なっ……」

ヒカルは邸内の警備態勢が、警備員の常駐と監視カメラ程度しかなく、センサーによる侵入警報などがまったく設置されていないことに気がついていた。

そんなザルな警備態勢が意味することは、堂山老人がすでに死を覚悟しているということだった。

安全を確保することよりも、自分を、堂山家を、山を攻撃しようとしている敵を確実に遠ざけ、葬り去るための準備をしている。

堂山老人自身がエサとなって敵をおびき寄せる。そして確たる証拠を積み上げて、堂山家に、山に手出しができないようにしているのだ。

突如現れた銀の仮面を着けた少年との面会に応じたのも「なにか使えるかもしれない」と思ったからだろう。いくらここを訪れていたチンピラたちの暴力から救ってくれた相手とはいえ、ヒカルが自分で言うのもなんだが、仮面なんて怪《あや》しすぎる。

ちなみに言えばラヴィアも同席しているので仮面がふたりだ。ますます怪しい。

「……こんな厄介ごとにかかわったりせず、若い者はもっと未来を見たほうがいい」

ヒカルには理解できなかった。どんなふうに暮らしてきたらこれほど簡単に命の危険を受け入れられるのだろうか。もしや病気かなにかで死期が迫っているのか？　と思ったけれど「生命探知」のスキルでは特に問題は感じられない。

（なにを言えばこの人は納得してくれる？　……そうか、考えても無駄だな）

人生経験も覚悟の積み重ねも、比べるようなものではないかもしれないけれど、圧倒的な大先輩である堂山老人に対してなにを言うべきなのかなんて、考えてわかるはずもない。

だったら、

「イヤだね」

心の赴くままに、感情のままに、言葉を口に出すしかないと思った。

「おれは、アンタが気に入った。死なせたくないから勝手に動く」

それこそがヒカルであり、ヒカルのもうひとつの顔である「白銀の貌《シルバーフェイス》」ではないか。

「なに……？」

老人はしばし言葉を失い、目を瞬《またた》かせていたが、

「……くっ、くくくく。がっはっはっは！」

大きな声で笑った。

まさかそんな反応をされるとは思わなくてヒカルが唖然《あぜん》としていると、

「いや、いや、すまんな。ちょっと思うところがあっての」

「思うところ？」

「……昔は、お前さんのような無鉄砲で、ワガママで、なんの裏付けもない自信にあふれた者がいっぱいおったんじゃ。あれは日本が毎年毎年豊かになっていくころでな……いや、老人の昔話などしても仕方あるまい。そんな若者であってもな、己《おのれ》の信念を貫き通した者、貫けなかった者と分かれ、前者は大成功して富をつかみ、後者はくすぶって生きていった……」

「………………」

ヒカルはそれは、老人の自分語りなのではないかと思った。

老人もかつては家を出ることを考えた。だが、結局ここに残ることにした——山を守ることを選んだ。

それが「信念を貫き通した者」なのか「貫けなかった者」なのかはわからない。

でもヒカルは、

「……言ったろ。おれはアンタが気に入ったんだって」

前者であってほしいと思った。

「わかった……。お前さんの意思は汲《く》もう。じゃがな、ワシの目的を達成できなければお前さんとて帰ってもらわねばならん」

「ああ。アンタの目的は御土璃山を守ることだな？　アンタが死なずに、その目的を達成できればいいわけだ」

老人はうなずきつつ、

「そのとおり。じゃがな、敵をさっさと返り討ちにするとか、警察に通報するとか、先手を打って敵を襲撃するなんてのは意味がないぞ。連中はトカゲの尻尾よ。それも巨大なトカゲじゃ。いくらでも尻尾は生えてくる。それこそ人間の命のような重みがなければ、この山を守ることはできん」

「わかってる。おれにアイディアがあるんだ」

すでにここに来るまでにヒカルはその計画を練っていた。

そしてその内容を堂山老人に話すのだが――老人はきょとんとして、首をかしげるのだった。

「……なんかよくわからん内容だ」

「まあ、そうかもな。老人には少々難しいかもな」

「なに。若者の文化を理解していないロートル扱いをするな！　これでもワシはツイ●ターをやっとるんじゃぞ！」

「え？」

老人がタブレットPCを出すと、そこには確かに「堂山家」なるアカウントがあり、「今日の山」が投稿されていた。毎日、写真付きで。

投稿3年、投稿数は1千を超えているのに、フォロワー数は15人だった。

「…………」

筋金入りだなと思った。

「えーっと、まぁ、いずれにせよ、おれの作戦が当たればアンタに手出しできる人間はいなくなるよ」

「そうか……？　うーむ」

タブレットPCの画面を見ながら老人は唸《うな》る。

「……まぁ、藤野多町が少々騒がしくなるかもしれないけどね」

とヒカルは付け加えたが、堂山老人はそれを聞き逃していた。

◇

ヒカルは老人が眠る部屋の隣で息を潜めていた。

つまり襲撃者と老人との会話をひととおり聞いたのだが、わからないことがあった。

(こいつ……御土璃山になにかあると思ってる？)

マフィア組織の目的は土地の買収と転売。それによる巨額の利益だろう——まさか国会議員、それも現職大臣の秘書が大陸系マフィアとつながりがあったとは思わなかったが、それはともかく目的は金だ。

だけれどこの襲撃者は土地の買収を、金のことを、まったく気にしていない。その理由が御土璃山にあるようだが、ヒカルにはそれがなんなのかまだわからない。

(僕の「魔力探知」ではわからないのに……こいつはそれがわかっている。いや、堂山老人も「山が騒ぐ」というような言葉を口にした。いったい何なんだ？)

だが悠長に話を聞いている場合ではなかった。

襲撃者はためらいなく堂山老人を殺す——そうわかった瞬間、ヒカルは動いた。

「！」

スキルの「隠密《おんみつ》」によって攻撃をすると「暗殺」が働いて殺してしまうかもしれないので蹴りの直前で「隠密」を解除するのだが——まさか蹴りを防がれるとは思わなかった。とはいえヒカルの蹴りも鍛え上げた蹴りだ。男を吹っ飛ばし、ガラス戸を破って庭に転げさせる。

雨の降る中、男はすぐに立ち上がる。何事かを口走ったが、大陸の言語なのでヒカルにはわからない。

「……おれの言ったとおり、今日、襲撃があっただろ？」

ヒカルは背後の堂山老人に告げると、老人は後ずさってうなずいた。

「チッ、ボディーガードがいたカ」

男はすぐに日本語に切り替える。

（冷静だな。マフィアのチンピラじゃなく、プロの傭兵《ようへい》って感じだ……あるいは兵士か？）

ヒカルは言う。

「ボディーガードじゃない。ただの、利害関係者だ」

「………………」

男は拳銃を手放してはいなかった。すぐにこちらに銃口を向け、ためらいなく引き金を引く。消音器《サプレッサー》もつけていない銃口からはマズルフラッシュが閃《ひらめ》き、乾いた銃声とともに周囲を明るくするが、すでにそこにヒカルはいない。

撃ってくるかもしれないとわかっていればかわすのはたやすい。ヒカルは縁側から飛び出し、玉砂利《たまじゃり》を踏んで走る。流れ弾が堂山老人に当たったら元も子もないからだ。

「隠密《おんみつ》」のオンオフを繰り返すとヒカルへ照準を合わせるのは不可能だ。パンッ、パンッ、と続けて襲撃者は発砲したが、銃弾はまったく見当違いの方角に飛んでいく。

(銃を撃った。こいつらは、自分たちが証拠を残すことも、通報されることも、恐れていないんだ)

ヒカルがそう感じたとき。

『兄ィ！　どうなってるんです！』

『敵は何人ですか!!』

潜んでいた男たちがワッと現れ、ヒカルを囲むように展開する。

「……なんだよそのデカい木槌《きづち》。土木工事でも始めるつもりか？」

ヒカルが言うと、

「まさかとは思うが、お前はひとりなのカ？　ひとりでなにができる？　大体……なんなんだ、その格好は」

襲撃者がたずねる。

「ひとりなのか、と聞かれれば……ひとりじゃないと答えるけど」

ヒカルが片手を挙げた、そのときだった。

『ッ!?』

『なんっ……!?』

『まぶしい！』

屋根の上から光が降り注ぐ——それは投光器であり、スポットライトのようなものだった。

光によって照らされた男たちは全部で10人。目出し帽をかぶっているので人相もわからないし、黒ずくめではあったけれど、白灰色の玉砂利の上では彼らは目立っている。

「なんのつもりダ？」

だが堂山老人と対峙《たいじ》していたリーダー格の男は、まったく動じていない。

ちょっとは動揺してくれると楽なのになあ……とヒカルは思いつつ、

「暗いとそっちはおれのことが見えないだろう？　これではおれが有利すぎる」

「……警察へ通報でもしたのカ？　警察は来ないゾ」

挑発にも乗ってこない。

「なるほど。お仲間が警察を襲撃でもしたか？」

「…………」

「あるいは、警察が大量に動員されるような事件でも起こしたか……」

「……そんな問いは無意味ダガ、教えてやる。事件を起こした。人が死ぬほどではないが、大事件をナ」

聞いて、ヒカルは内心ホッとする。誰かが死んでいないのならそれでいい。

だがここまでしゃべるというのはどういうつもりなのか。よほど警察への陽動に自信があるのか、ヒカルなどどうせ簡単に始末できると思っているのか、あるいは。

(——その両方か)

どうやら、そのようだとヒカルは気がついた。

(ナめられてるのか、ふーん……)

見た目でナめられるのは、あっちの世界でもこっちの世界でも同じらしい。

「じゃあ、こっちも教えてやるよ」

だんだん腹が立ってきた。

「おれは警察に通報したりはしない。なぜなら、お前らをこの場でたたきのめすからだ——これは、たったひとりでな」

「……なんだと!!」

襲撃者は自分たちの優位性をアピールしてきたつもりだったのだろう。だがそのアピールにもまったく揺るがずヒカルが自信を示したことで、さすがにイラ立った声を発した。

「ああ、通報しないのにはもうひとつ理由があるんだ。警察に邪魔されたくはないからな」

「邪魔……？」

「佐々鞍さん、準備は!?」

ヒカルが声を上げると、屋根の上、投光器の横に人影が現れた。

「だ、大丈夫！　もう始まってるよ！」

佐々鞍綾乃——レインコートのフードをかぶった彼女はカメラを構えていた。防水仕様のビデオカメラは長いケーブルを伝って屋内につながっている。

そしてそのケーブルはPCに接続されており、無人のPCに映し出されているのは動画サイト。月間のユーザー数が10億人というギガプラットフォームだ。

綾乃は手元のスマホを確認すると、

「——って、うわあ!?　すごっ、視聴数がもう1万人超えてるんだけど!?　すごい……みんな『新たな異世界人』ってだけで見てくれるのねえ」

つまるところヒカルのやろうとしていることは、

「おれが、今からお前たちをたたきのめすところを、全世界に中継してるってわけだ」

堂山邸襲撃事件の、ライブ配信だった。

◇

「異世界検証チャンネル」の管理人にメッセージが届いたのはつい2時間前だった。「新たな異世界からの旅人から」なんていう件名のメッセージは、よくあるガセネタの情報提供だと最初は思った。

この管理人は日本人であり、日本人であるからこそ日本で起きたこの「異世界とつながる亀裂出現事件」の情報を集めやすかった。異世界への熱量だけで言えば海外勢のほうが圧倒的に高かったりするのだが、日本語という言葉の壁が、情報収集を妨げていた。

おかげで管理人は、「異世界情報はここが最速」なんて言われるチャンネルを持つことができ、一方で大量のタレ込みが——それこそ99パーセントはガセネタが——寄せられることになった。

「新たな異世界人」ネタは鉄板のガセネタだった。「実は俺がそうなんだ……うっ、右目がうずく」という感じの異世界人カミングアウトをしてくるのである。メッセージの大部分が「俺の考えた最強の異世界チート」みたいな内容になっているのもまた同じである。これほどオリジナリティがないガセネタばかりが来るのも珍しいなと思ってしまうほどにどれもこれも似通っていた。

どうせ、今日のメッセージもガセネタと思っていた。

それでも一応チェックするのは、管理人が単に金儲《かねもう》けではなく、本気で異世界を検証したい（できることなら自分も異世界に行きたい）と思っている、しがないサラリーマンだからだろう。

「ん？」

ガセネタかと思っていたが、文頭からなんだか雰囲気が違った。

『まずは自分の身元を信じてもらうために、「東方四星」の未公開写真を送ります』

というメッセージから始まっていたのだ。続くURLは、もしかしたら「トラップかな？」と疑わしかったが、ウイルスに感染しても問題ないタブレットPCに転送してURLを見てみると――そこにあったのは、確かに「東方四星」のセリカだった。彼女の寝顔である。真っ先に「よく似た別人か」と考えたが、

「枕の横に置いてあるぬいぐるみは11月14日にお台場のゲーセンで手に入れたクレーンゲームの景品!!　それに枕元の時計は12月1日に海外メディアのインタビューに対応した帰りに立ち寄った雑貨店で一目惚《ひとめぼ》れして購入したというアンティーク置き時計!!　この置き時計は1点物で世界にふたつとないハンドメイドだというが……ま、まさか本物のセリカ・・・たんの寝顔!?」

「異世界検証チャンネル」の管理人はストーカー気質のバッキバキのオタクだった。

「こんな写真は『東方四星』のメンバーか、セリカたんのご家族しか撮れないはず……」

実のところその写真は、セリカの家に置いてあったスマホに格納されていたもので、どうせサーラあたりが撮ったものだろうとヒカルは思っていた。

「……つまり『新たな異世界人』はワンチャンあるんでは⁉」

キターッと叫びたくなるのをこらえながら送られてきたメッセージの続きを読み進める
――と、

『今日、次の動画チャンネルでライブ配信を行います。その動画に関しては転載していただいて構いませんし、むしろライブでミラーリング配信していただきたいです。ミラーリングを推奨する理由としては、配信元のチャンネルに人が集まって騒ぎになり、ブロックされた場合、配信がすべてご破算になってしまうからです。ここまでお読みになればすでにお気づきでしょうが、配信される映像は今後なんらかの事件に発展する可能性があり、ミラーリングしたチャンネルもブロックされる可能性があります。ですが1点保証します。この配信に、新たな異世界人が登場します』

「キタァァァァァァアアアアアア‼」

管理人は思わず叫んでいた。

チャンネルのブロック？　知ったことか。こちとら異世界にすべてを賭けてるんだ――

そう思いながらリンクされているチャンネルを確認する。

それは世界的な動画配信プラットフォームのウェブサイトで、「異世界検証チャンネル」

もここにある。そして管理人は、登録者数ゼロ人の「銀の仮面」チャンネルを見つけた。

「ん？」

だが次の瞬間、登録者数が「1人」になり、数秒すると「2人」になった。

「んんん!?　おかしいぞ、動画もないチャンネルに登録者数なんて。『異世界人』のキーワードで検索したってこんなチャンネルはヒットしないし……あっ！」

そこまで考えた管理人は、違う可能性に気がついた。

「ウチだけじゃなかったのか！」

このメッセージはきっと、めぼしい異世界検証系の動画チャンネルに送られているのだ。動画配信系チャンネルだけではなく、ＳＮＳで活躍するインフルエンサーにも送られている可能性だってある。

チャンネルの登録者数はすでに「8人」になっていた。

「異世界検証チャンネル」の管理人はあわててチャンネル登録ボタンを押して、ＳＮＳでここの情報が出ていないかを確認しようとし——やめた。

その手をデスクの横にあるカメラへと向けて、電源をＯＮにした。

おそらく、他の連中は思わせぶりな告知をしているはずだ。「今日の夜になにか起きるかも」みたいな。それはたった今自分がやろうとしたことだから、手に取るように彼らの気持ちがわかる。もしもガセネタだったら——その可能性は今もってなお十分ある——チャンネルの管理人が叩《たた》かれるに決まっている。

だがそんなリスクなど、ここの管理人は気にしなかった。

なぜなら彼は、異世界にすべてを賭けてしまったストーカー気質のバッキバキのオタクだったからだ。

「——こんにちは、皆さん。『異世界検証チャンネル』です」

管理人はライブ配信を始めた。

すると、徐々に視聴者が集まってくる。

これでも異世界検証系のチャンネルでは最大手なのだ。

「つい先ほど、興味深いメッセージが届きました——」

あちこちの異世界系インフルエンサーが思わせぶりなツイートをし、異世界の話題に飢えている視聴者がざわざわしている中、「異世界検証チャンネル」の管理人がライブ配信をスタートしたものだから、これは多くの関心を集めた。

日本語であることが災いして、いつもなら数十人か数百人行けばいいというライブ配信だったが、今日は配信を開始して5分後には1千人を突破し、30分後には1万人を突破した。

すると、他のチャンネルも負けじとライブ配信を始め、そうなると異世界に興味がある層だけではなく一般層にまでもこの情報は届き始めた。

気づけば海外勢も——向こうは早朝という時間帯だったが、日本での騒動に気がついて次々にライブ配信を始めた。管理人同士のネットワークで情報が共有されていく。
まさか——こんなことになるとは、メッセージを適当に送ったヒカルですら思っていなかった。

◇

スポットライトのような強い投光を浴びた襲撃者たちは一瞬怯《ひる》んだが、すぐに我に返った。

『——殺せ。配信だかなんだか知らんが、相手はたったひとり。すぐに終わる』

オオッ、と男たちは叫ぶとヒカルへと殺到した。

だが次の瞬間、ヒカルの身体はかき消えたように見える——投光器の光を襲撃者が遮《さえぎ》り、影ができてしまえばいくら手練《てだ》れの連中であっても「隠密《おんみつ》」を目で追うことはできなかった。

『ぐおっ⁉』

ひとりの後ろに移動して蹴り飛ばし、突如として現れたヒカルに気がついて振り抜いてきたダガーをかわすと、

『うっ』

そのみぞおちにパンチをくれてやる。

（いってぇ……）

襲撃者は急所をカバーするプロテクターを身につけているのだ。殴ったヒカルの手のほうがよほど痛い。

（……だけどまぁ、これなら「暗殺」が発動しちゃうかもとか、気にしないでもよさそうだな）

ヒカルは「隠密《おんみつ》」のオンオフをやめて、全力でたたきのめすことに集中する。

そのころ——カメラを通した画面の向こうでは。

『は？　なにこれ。急になんか始まったけど』

『雨で見えにくいぞ！』

『戦ってるふうに見える……』

『おおおおおおおカンフーボーイ！』

『カメラさん、もっと寄って！』

『ってか、なんなん？　これ異世界の映像なの？』

『どう見ても日本庭園な件』

『リアルタイムでどっかで起きてるのか？　それとも録画配信？』

ミラーリングが各所で行われ、全世界で50万人を超える視聴者が大騒ぎしていた。

たったひとりの少年を捕らえることもできずに仲間は殴られ、蹴られ、翻弄《ほんろう》されている。

『チッ！　……お前も行け！』

『うっす』

襲撃者のリーダーは舌打ちをして、巨漢が前に出た。

右手にも左手にも大槌《おおづち》を持っているが、それをあたかも棒きれのように振り回している。

『おおおおおおおおッ！』

仲間がまだ戦っているがそんなことは気にせず、巨漢は突っ込んで行くと、大槌を振り回した。

その一撃は仲間をかすめたが、だからこそ死角からの一撃となってヒカルに迫る。

「っく」

身をかがめたが、雨によって服が濡れて動きが悪くなっていた。マントの裾がそれに引っかけられ、身体が引っ張られる。

「おおおおおっ!?」

ヒカルの身体がぽーんと吹っ飛び、庭園の玉砂利《たまじゃり》の上を転がった。

『おいおいなんだよ、ワイヤーアクションか？』

『ワイヤーじゃねえよあれ！　めっちゃ自然な動きじゃん！』

『スタントマン？　死ぬぞあんなんやってたら』

『本気で振り抜いてたもんな』

『オーノー！　カンフーボーイ！』

海外勢のチャットでは「カンフーボーイ」という言葉が定着し始めている。

「っつう……マントは邪魔だったな」

マントを脱ぎ捨てると、水を吸ったそれはどしゃりと落ちた。

そこへ巨漢が走り込んでくる。地面すれすれから振り上げられる大槌《おおづち》のアッパーカットは、触れれば骨折を免《まぬが》れないという一撃だ。

だが、1対1になればかわすことは余裕だ。

これよりも速い斬撃を食らったこともあるのだ——剣聖ローレンスという騎士団長が、異世界にはいるのだ。

半身を引いて大槌の一撃をかわしたが、巨漢はその肉体からは想像できないほど軽やかな動きで回転し、そのまま再度、大槌を振り抜いてくる。

『ぬううん！』

ぶんっ、ぶんっ、と襲ってくる連続攻撃を、ヒカルは紙一重で回避していく。10連撃ほども続いた最後は、

『おおおおおおッ!!』

両手を振り下ろす上からの一撃だった。

ヒカルは背後に飛びのいてそれをかわしたが、二振りの大槌は玉砂利を吹き飛ばして地面をえぐった。


『すげえええええええ』

『え、これやっぱ異世界の映像？』

『デカいほうが異世界人だろ』

『どう見ても強盗集団です』

『男の子のほう、なんか仮面つけてね？』

『オーマイガッ！　カンフーボーイ！』

ヒカルが「隠密《おんみつ》」を使ってもカメラには写るので、視聴チャットは大量に流れまくっている。

ふーっ、ふーっ、と肩で息をしている巨漢は、身体から白い湯気を立ち上らせていた。体温が上がり、雨で濡れた身体から蒸発しているのだろう。

『お前でもダメか』

『あ、兄ィ、すみません……あのガキ、すばしっこくて』

『構わん。最初からこうすればよかったんだ』

マフィアのリーダーは拳銃を構え、発砲した。だがやはりそれは当たらなかった。

『全員、銃を抜け！　撃て！』

おいおいおい、仲間に当たるぞ——と忠告したいところだったが、ヒカルが走り抜けるすぐ後ろを銃弾が駆け抜けていく。

パンッ、パンッ、パンッ、と拳銃のマズルフラッシュが光を放つ。

彼らは仲間に当てないようにはしているが、当ててしまうことを恐れず銃を何発も撃ちまくった。

だがヒカルも「隠密《おんみつ》」を使っている。そう簡単には当たらない。

『ぐっ⁉』

『いでえ！』

とっさに拾い上げた砕けたガラスを投擲《とうてき》すると、襲撃者の目出し帽や拳銃を持つ手を切りつけていく。ひとりが拳銃を取り落としたので、ヒカルはそれをつかんだ。

『おいおい、素人《しろうと》がそんなもの持って当たるわけが――ぐげあぁっ⁉』

何の気なしに撃ってみると、離れた場所にいる男の左肩を撃ち抜いた。防弾スーツは着ているようだったが、そこはカバーされていない場所だったのだろう。

「ふーん。『投擲』スキルは拳銃にも適用されるんだな」

もちろん拳銃を撃つのなんて初めてだったが、それでも当てられたのはスキルのおかげだろう。

『撃て！　油断するな！』

再度ヒカルのいた場所を銃弾が駆け抜けていくが、ヒカルはすでにその場にいなかった。「隠密」を使って走りながら銃を撃つ。さすがに狙いは定まらないが、足や腕をかすって傷を負わせることができる。

『アクション映画かと思ったら今度はシティーハ●ターかよ』

『オッサンにしかわからんぞ』

『異世界に憧れてるのなんてオッサンだけじゃないのか』

『ここに十代がいますよ！』

『カンフーじゃないの……？　ハンドガン撃ったらおかしいよ……？』

弾切れになった拳銃を捨てたヒカルは、

「よし、だいぶ視聴数は稼げたんじゃないか？」

一気に終わらせなかったのは、ライブ配信を長引かせ、視聴者を増やすという目的があったのだ。

「そろそろ終わりにするか」

近くの男に接近し、思いっきり跳び蹴りをかました。

『ふぐっ……』

「まだまだ」

男の上体がふらついたそこへ、着地したヒカルがパンチの連撃を浴びせる。

すぐに銃弾が飛んでくるがそのときにはもうヒカルはいない。

そうしてひとりずつ着実にダメージを与え、削っていく。

『ぐあっ⁉』

『うごぉっ……』

3人が地面に伏したところで、襲撃者の男は歯ぎしりした。

「……何者ダ、お前は⁉　さっきまでとは動きが段違い！」

たまりかねたように叫んだ。

「それはそうだろ。おれは、時間を稼いでいただけだからな」

「……なんだと⁉　バカな――」

ここにきてようやく、リーダーは自分の過ちに気がついたようだった。

相手にしているのはただの酔狂な堂山老人のボディーガードではなく、自分たちを――

襲撃者を襲撃者とも思わず、ただの「雑魚《ざこ》」と認識している強者なのだ。

リーダーは巨漢に目配せする。

「……今さら逃げる気なのか？」

押し殺した声でヒカルが言うと、

『ヒッ……』

リーダーはそのとき、しばらく感じたことのなかった感情を覚えた。

それは――恐怖だ。

「逃がすわけがないだろ？」

ヒカルが一歩進むと、リーダーは一歩たじろいた。

だがそのときだった。

ブゥン、と音が鳴ると同時に投光器の明かりが消えたのだ。

「なんだ……？」

屋根を見上げると投光器のあった場所から煙が上がっている。どうやらなんらかの機材トラブルらしく、同じく残りの投光器の明かりも消えていった。

「——消えちゃったぁー!?」

綾乃が悲痛な声を上げている。

「チッ……タイミングの悪い」

機械に弱い綾乃に「直せ」と言っても無理だろう。

あの投光器は藤野多町の商店街にあった電気店で調達した物だった。例のごとくあのおしゃべりなタクシーの運転手の紹介があったからなんとか手に入ったもので、頭髪がだいぶさびしくなっていたビール腹の店主は「濡れても大丈夫だよ」と言っていたはずだが。

暗くなるとヒカルも敵を視認できなくなる。

これは何人か逃がしてしまうかもしれない……。

下《した》っ端《ぱ》を逃がす程度ならまだいいが、リーダー格の男は絶対に逃がしたくなかった。

ヒカルの「生命探知」ならば追いかけることもできるだろうが、足元が見えないという不確実要素があった。

それに向こうは、

『撤収だ!』

なんと暗視ゴーグルを用意していた。

『散開!』

散っていく敵を追って走り出そうとしたヒカルだったが、ヒカルの目の前に巨漢が現れた。

『兄ィは追わせねえぞ』

「クッ」

ぶんぶんと振り回される大槌《おおづち》をかわすことはできるが、足元が見えないので心許《こころもと》ない。

そしてなにより悪いことだったが、ヒカルが「隠密《おんみつ》」を使ったとしても暗視ゴーグルは電子機器なので欺くことができない。

つまり実物を目で見るのではなくモニター越しにこちらを見ている巨漢は、ヒカルを把握できるのだった。

(「隠密」にはこんな弱点があったのか……！　科学じゃ理解できないスキルが、科学に負けるなんて)

今ここで巨漢を倒すことはできるだろう。「隠密」が通用しなくなったとはいえ、向こうは暗視ゴーグル越しに見ているのでわずかな時間の遅延《ディレイ》が発生する。それは一瞬が命取りの戦闘においては致命的な遅れだ。

一方のヒカルは視界は暗くとも「生命探知」によって相手がどこにいるのかはっきりわかる。

問題は――この巨漢を倒している間に、リーダー格の男は逃げてしまうだろうということとだ。

こういう組織はリーダーだけが情報を握っていて、下っ端《したっぱ》はなにも知らされていないことが多い。

リーダーを逃がしたら元も子もない。

これじゃ、この先の捜査は絶望的だ――とヒカルが焦ったときだった。

「投光器のスイッチを落とせ！　点《つ》けるのは半分にしてくれ！　供給電力に無理があったんだよ！」

屋根の上から男の声が聞こえた。

それから数秒して、半分ではあったが投光器から光が放たれた――逆光で見えづらいがその声にヒカルは聞き覚えがあった。

「アイツは……」

ここにチンピラを引き連れて乗り込んできた、藤野多未来結社の貴島だ。いや、彼だけじゃなくその後輩たちも屋根に上がって投光器に張りついている。

光の数が少なくなったぶん、舞台のスポットライトのように手で動かして敵を照らし出してくれるらしい。

『まぶしくて見えねえ！』

『ゴーグル外せ、バカが！』

敵はあわてて暗視ゴーグルを外している。

「ぶん殴ってきた奴の手助けなんてしたくねえけど、俺たちの藤野多町で好き勝手されるほうがムカついたからよ！」

ここは彼らの地元だったことをヒカルは思い出す。いくら地上げ屋の手先みたいな真似をしていたとしても、地元愛は残っていたということか。

あるいは綾乃に言われた、マフィアを警察に通報しろ、あなたの地元が危険だという言葉に背中を押されて奮起したのか。

（それはどっちでもいい）

ヒカルにとって重要なのは――、

「よくやった！　照らし続けろ!!」

敵のリーダーを逃がさないことだ。

『!!』

すぐさま「隠密《おんみつ》」を発動し、巨漢の横をすり抜けていく。

堂山邸の壁に脚立《きゃたつ》を立て掛けようとしていたリーダーの背後に一気に迫る。

『チッ』

振り向きざま拳銃が撃たれるが、ヒカルは蛇行してそれをかわす。

「おおおおおおおッ!!」

ヒカルの蹴りがリーダーの脇腹にめり込んだ。

「ッ！」

かなり頑丈なコンバットスーツを着ているようで、威力の半分ほどが殺されるのを感じる。

だがそれでもリーダーは横倒しに倒れ、転がっていく。

『兄ィ!?』

『どうするんです、撤収するんですか!?』

『兄ィを守れ！』

『上だ！　ヤツの仲間を撃て！』

敵が一斉に拳銃を屋根の上に向けると、ヒカルはハッとする。発砲された銃弾は投光器をかすめていく。

「ひぃっ!?」

「せせせ先輩、これってマジの鉄砲っすか!?」

「頭上げんな！　死ぬぞ！」

「死ぬ!?　今日って引っ越しのバイトじゃなかったんすか!?」

ぎゃあぎゃあ騒いでいる藤野多未来結社のメンバーとは違い、

「…………」

綾乃だけはカメラをぴたりと固定して動かなかった。

「……この蹴りが全力カ？　何発食らってもたいしたことはないナ」

泥を払いながら立ち上がる敵のリーダーに、仲間が駆け寄る。

「お前は確かに強い……ダガ、装備は貧弱で、俺たちを無力化なんてできない」

「………………」

敵のリーダーが言うことはもっともだった。

殺す気でやれば無力化できるだろうが、そうするとほんとうに殺してしまう可能性が高い。全力を出し切らずに無力化しなければならないのだ。

ヒカルの想定外はふたつ。

雨のせいで地面がぬかるみ、攻撃にキレがなくなってしまったこと。

もうひとつは敵の装備品が良かったこと。

ただのマフィアが来るのかと思ったらどこぞの特殊部隊みたいな格好でやってきたのだから、計算違いもいいところだ。

『全員落ち着け。撤収だ』

おおっ、とマフィアたちが動き出そうとしたときだった。

「……撤収はさせない」

ヒカルが言った。

「フン。俺たちだってあきらめたわけじゃねえゾ。いずれお前の家族を探し出し、なぶり殺す。お前の顔を悲痛に染めてからお前自身を殺ス。いいカ。俺たちはけっして忘れないんダ、受けた屈辱を――」

「そういうのは、もういいから」

「なに？」

「撤収はさせない・・・・とおれは言ったんだ」

ヒカルはスッと手を挙げた――。

それから遡《さかのぼ》ること数分前。

照明が落ちて一気に真っ暗になった。

やばい、これは放送事故だ――と「異世界検証チャンネル」の管理人は焦った。「新たな異世界人」について散々視聴者を煽《あお》るだけ煽って始まったのは、謎のアクションシーンだ。

画質はさほどよくなく、しかも元の映像チャンネルからの転載《ミラーリング》なのでなお悪い。それでも視聴者が脱落しないのは「異世界検証チャンネル」に対する信頼と――それは「この後にきっとなにかあるに違いない」という信頼であり、それは管理人にとってプレッシャーでもある――やたらリアルな映像だからだろう。

　そう、この映像はリアルだった。カメラひとつで撮影されているからこそのリアリティ。見当違いな方向を映していることもあるし、雨のせいでレンズフィルターに水滴がくっついて映像が崩れることもままあった。だけれどカメラはひとりで奮闘する少年を執拗《しつよう》に追っているし、彼の動きはアクション俳優もかくやというほどの躍動感がある。

（この少年……そうだよ、この少年は何者なんだ？）

　見たことのない服装、それにスポットライトで照らされた顔にあるのは銀の仮面だ。

　チャットでもいちばん多いのが、

『この銀仮面が異世界人なの？』

　というものだった。

『んなわけねーだろ。仮面着けてるけど日本人っぽいじゃん』

『魔法使わないとなんとも言えん』

　なんて否定的なチャットもついているが、

『ここのチャンネルがアップしてるってことはそうなんじゃない？』

『動きが玄人《くろうと》はだしなんだけど、それにしても目出し帽の連中がいきなり見失ったみたいになるのはよくわからん。ちなみに俺は格闘技経験者ね』

　肯定的なチャットもついている。

『管理人はこれがなんなのかさっさと教えてくれよ』

最終的にはこのチャットに行き着くのだが。

（こっちが教えてほしいくらいだよ！）

管理人は他の異世界系チャンネルを見に行くが、そちらも同じようなものだった。海外のチャンネルでは管理人が独自の推測を書き込んで画面に表示させたりしているが、

『結局わからねーなら書き込むなカス』

『画面の邪魔だからテキスト消せ。わからんものはわからんと開き直ってる「異世界検証チャンネル」を見習え』

なんてチャットがついて、

『じゃあそっち見に行けばいいだろ』

と管理人がキレ返すと、

『チャット欄での検証において言語の壁があるのは邪魔だ。1秒でも早く場所の特定を行い、この場所に向かいたい。わかったら黙ってろ』

と視聴者にチャットのグーパンで殴り返される始末。

（なにもわからなかったからコメントしなくてよかった……）

むしろ安心してしまう「異世界検証チャンネル」の管理人であった。

（そうか。この場所に行きたいと思っている人が多いんだな）

改めて海外のチャンネルのコメントを読み返すと、そういう内容が多い。暗くて雨が降

っているのと、さらには塀に囲まれた個人の邸内であることから映像の情報が乏しく、この場所の特定は進んでいないようだ。今夜の日本は広い範囲で雨が降っており、候補を絞りきれないことも影響している。

一方で日出し帽でハンドガンをぶっ放している連中は大陸系のマフィアだろうと推測されており、かすかに聞こえる声の、特有の訛《なま》りからいくつかのマフィアの名前まで候補が挙がっている。『日本の警察はなにをしている？』とか『これは本物の事件だ。通報はされているのだろうか』という真剣なチャットが目立った。

逆に日本の視聴者はこれを『録画』、あるいは『素人《しろうと》の特撮ムービー』と捉え、『これで異世界人とか言うなよ？』なんて疑ってかかっている。リアルタイムで行われていることであり、今からがんばればこの場所に行ける可能性があるなんて想像もしていない。

そんなさなか、映像が真っ暗になったのだからチャットは荒れに荒れた。

『は？　これで終わり？』

『「新たな異世界人」どこー？』

というチャットが流れ出す。

（ええぇ、どうしよ、ここで終わりなんて聞いてないよ！）

聞いているか聞いていないかで言えばなにも聞かされてはいなかったのだが。

それはともかく、管理人の焦りとは別に突然、パッ、と照明が戻った。

よかった……と思っていると、いきなり日本語が聞こえてきた。

『ぶん殴ってきた奴の手助けなんてしたくねえけど、俺たちの藤野多町で好き勝手される
ほうがムカついたからよ！』

これは……カメラの近くにいる人間が言ったのだろうか？

だがこの瞬間、チャット欄には、

『ふじのたちょうっつった？』

『Y県藤野多町か？』

『藤野多町なのかよここ』

『いきなり地元アピールするのやめろ』

といった藤野多町に関する内容が書き込まれた。

海外のチャンネルは、

『Fujinota Town』

という聞き覚えのない名前ではあったが、地名は地名だ。一気に場所の特定が進む。衛星写真がくまなく調べ上げられ、その10分後には、この戦いの現場である堂山邸が特定されたのだった。

日本ではなく海外のSNSにおいて「Fujinota Town」がいきなりトレンドワードとして急上昇するが、日本人のほとんどはそのことを知らなかった。

だがその10分の間に事態は大きく進んだ。

銃を屋根の上へと向ける目出し帽の連中——つまり銃口がカメラを向いた。カメラのすぐそばの屋根瓦《やねがわら》も被弾して破砕音をマイクが拾う。

『びびった』

『めっちゃリアル』

日本人のチャットは平和だったが、

『あのマズルフラッシュを見るに、本物の拳銃だ。撃ち手の腕もいいぞ』

海外のチャットではすでに拳銃の種類まで特定されていた。

そして、主役である銀仮面の少年は敵を追い詰めたようだったが、その敵は動じた様子もなかった。

最後に少年は右手をスッ、と挙げた——。

「なんダ、その合図は？」

敵のリーダーはいぶかしげな顔をしたが、ヒカルは動じずに、ただ視線を上げた。

「？」

つられてリーダーがそこを見ると——いつの間にか、塀の上にひとりの少女が立っていた。

マントを羽織った姿は少年と同じだったが、フードを目深《まぶか》にかぶっているのでその顔はうかがいしれない。ただ背格好とスカートらしき服装から、少女だろうと推測したにすぎない。

『……………………………』

少女はなにか言葉を口にしたが、その言葉が意味する内容をマフィアのリーダーはわからなかった——聞き覚えのない言語だった。マフィアの実力者として世界人口の90％をカバーできる程度には言語を聞きかじっている彼ですら、知らない言語。

マズい——。

それは単なる直感なのか、あるいは彼が——時折感じる霊感のようなものなのか。

『逃げろ!!』

リーダーが叫ぶと同時に、少女が手を前に差し出した。

『地走り炎壁《フレイムウォール》』

次の瞬間、少女の足元——つまり塀と、マフィアたちの間、数メートルという隙間の地面からゴウッという音とともに炎の壁が出現した。その横幅は20メートルほどもあり、たちどころに周囲を明るくする。

だけでなく、炎の出現によって熱風が吹き荒れ、数人がその場に転げた。

明るくなった周囲は急激に熱せられ、湯気がもうもうと立つ。

『こ、これは……』

啞然《あぜん》とするリーダーが見たのは、熱風によってフードがあおられ、素顔があらわになった少女だった。

流れるような銀髪は美しく、見下ろす青い目は神秘的だ。銀の仮面に炎が映じている。

「言っただろ？『撤収はさせない』ってな」

『!!』

そのときにはヒカルは、すでに巨漢を倒していた。炎の壁の出現に驚き、隙だらけだった彼を倒すのはたやすい。

『トラップを仕掛けていたのか!?　いや、違う……この炎には火薬や燃料のニオイがない。色も純粋な炎の色。こんなことはあり得ない……これでは、まさか、お前たちは……異世界からやってきた――』

リーダーが言えたのはそこまでだった。

彼の目の前には巨大な、白い炎球が迫っていたのだった。

その炎がリーダーに当たるや轟音《ごうおん》とともに燃え上がる。リーダーは自分がなにか声を発したような気がしたが、それを知ることはついぞなかった。

彼は、意識を失った。

いや、彼だけでなくリーダーのそばにいた全員も炎に巻き込まれて倒れた。

その場には――傷ひとつない襲撃者たちの身体が横たわっていた。

『魔法使い来たあああああ』

『え、マジモンの魔法？　特撮的な仕掛けだろ？』

『爆薬っぽくないよな。いきなりあんなふうに垂直に炎が立つことある？』

『地面から垂直に噴射口を置いて、ガスを噴射すれば……って思ったけど、色がついてないんだよな。いわゆる木を燃やしたときの炎の色なんだよ。それにあんなにキレイな壁にするのは無理だと思うんだが』

『つまり魔法？』

『魔法使い来たあああああ』

『てかセリカちゃんじゃないの？』

『え？　ちょ、待って』

『フード』

『見え』

『女の子？』

『銀髪！』

『仮面の銀髪美少女来たこれ』

『仮面なのに美少女とはこれいかに』

『カメラもっと寄れ！』

チャット欄は大変な騒ぎになっていたが、これは海外でも同様だった。「銀髪」「女魔法使い」という言葉があふれている。

だが、

『ちょ、待って待って待って』

『あああああああ』

『はい死んだー』

『燃えたあああああああ！』

襲撃者が白い炎に呑《の》まれると阿鼻叫喚《あびきょうかん》となる。

『なにあの白い炎？　あんなのあるの？』

『特撮決定だろ。殺人の生放送なんてあり得ないし』

『倒れた。死んだ』

『通報確定』

通報だけは勘弁してくれ、と「異世界検証チャンネル」の管理人は叫びたいところだ。いや、すでに叫んでいた。動画が強制的に止められれば、このチャンネルの運営にペナルティがつくかもしれない。

だが管理人は――管理人だけでなく、動画を見ていた視聴者たちもまた――目を疑った。

白い炎が去った後には、襲撃者たちが焦げどころか傷ひとつない姿で横たわっていたのだ。

「――いやほんと、これは初見殺しだよな」

想定以上の手応えに――『贖罪の聖炎《アトーンメント・フレイム》』の威力にヒカルは少々驚く。この聖属性と火魔法との混合魔法《ミックス》は、人間への殺傷能力はまったくないのだけれどとにかく派手だった。この魔法を食らう直前に実際の炎である『地走り炎壁《フレイムウォール》』を見て、その熱さを感じているからこそ、マフィアたちは白い炎に自らの身体を焼かれたと勘違いし、幻の激痛に絶叫し、意識を失ったのだろう。

『大丈夫だった？　ケガしてない？』

向こうの世界の言葉で話しかけてくるラヴィアに、ヒカルはうなずいて返した。

『タイミングばっちりだったよ、ありがとう。旗色が悪くなったら連中は逃げるだろうなって思っていたし、そのために君にスタンバイしてもらってよかった』

『むふー。もっとわたしを頼りなさい』

得意げに胸を張るラヴィア。

『それで、この人たちはどうする？』

『ああ、とりあえずロープかなにかで縛って、警察を呼ぶしかないかな。通報しても警察は来ないみたいなことを言ってたけどね……』

とそこへ、

「お、おおい！　終わったのか!?」

堂山老人が縁側に立ってこちらにハンドライトを向けていたので、ヒカルは叫んで返した。

「ああ！　ガラスを割ってしまったので危ないから、気をつけるんだ！」

「お前さんに比べればガラスで足を切るくらいたいしたことはない！」

老人は傘を差して、サンダルをつっかけてこちらにやってくる。

「しかし……なんなんじゃ、屋根の上の明かりは？」

「このやりとりを世界に向けて配信するって言ったろ？」

「配信ねえ……」

ヒカルは投光器のまぶしさに目を細めながら屋根の上に怒鳴った。

「カメラを止めてくれ！　配信は終わりだ！」

すると屋根の上で動きがあり、投光器の光が落ちた。

この裏で、ミラーリング配信とその視聴者たちがどんなことになっているのか、今のヒカルは知るよしもない。

周囲は不意に暗闇に包まれ、老人のハンドライトだけが足元を照らしていた。

「警察へ通報はしたのか？」

「ああ。向こうも大騒ぎしておったが、パトカーを1台寄越すと言っておった。前回のこともあるというのにたった1台じゃよ。藤野多警察署はたるんでおるんじゃないかの」

「はは」

まさか警察も大量の拳銃があるとは思ってもいないだろう。

「ふん。たかだか1台でこれだけの狼藉者《ろうぜきもの》を乗せられるのかどうか、見てやろうじゃないか」

雨をついて遠くからサイレンの音が聞こえてきた。

あとは彼らに任せればいいと思うと、ヒカルはホッとする。配信がどれくらい影響があるかは今のヒカルにはわからなかったが、堂山邸に注目が集まれば報道機関の取材もあるかもしれず、用地買収などできなくなるだろう。

あたふたと投光器を下ろしている藤野多未来結社の連中だって堂山邸を気にかけるだろう――案外、地元の人間をボディーガードにしたらいいんじゃないだろうかとヒカルは思う。道を踏み外しそうになった彼らだが、運が良かったことには完全に踏み外すことはなかった。今ならまだまっとうな道に戻れるはずだ。ぎりぎりで踏みとどまって自分の間違いを正すための行動ができたのだから。

まあ、どうして彼らがここに来て協力してくれたのか、その経緯は知らないが。

堂山老人は今、屋根の上で作業をしている若者たちを見ている——その横顔にはなにか思うところもありそうだ。

「それじゃあな、ジイさん。早く家に入れよ、風邪を引くぞ」

「——ちょっと待て」

ヒカルとラヴィアが去ろうとすると、老人は言った。

「お前たちは……。なんなんじゃ？」

「なに、とは？」

「ワシに恩を売ってなにがしたい？　正義の味方などと言い出すわけではあるまい」

「…………」

ただの気まぐれだ。

綾乃に振り回されて、単に寝覚めが悪いから首を突っ込み、乗り掛かった船だからトラブルにけりをつけただけだ。

だけれどそれを老人に言っても信じてはくれないだろう。

「……アンタはなんのために山を守ってる？」

「急になんじゃ。質問をしているのはワシのほうだぞ」

「礼がしたいならおれたちに山を見せてくれ。なにかあるんだろ？」

「それは……」

「イヤなら別にいいけどな。こちらからの要求はそれだけで、もし呑《の》めないというのなら別に構わない。おれたちは去るだけだ」

「…………」

堂山老人は黙りこくった。おそらく「見せる」とは言わないだろうなとヒカルは思った。

彼にとって『御土璃山』はすべてなのだ。いや、彼だけでなく脈々と続く堂山一族にとって御土璃山はすべてなのだ。

「それじゃあな。達者で山を守れよ」

ヒカルはラヴィアとともに老人に背を向けた。

「……明日、いや、明日はきっと警察の取り調べで大変なことになろうな……。3日後にここに来なさい」

言われた内容を一瞬、理解できなかった。

「なんだって？」

「わからんか、山を見せてやるというのじゃ」

なぜ、という思いと、秘密を見せてもらえることへの興奮がヒカルの中に湧き起こる。

だがその理由はどうしてもわからなかった。

「そんな顔をするな。……山が騒ぐのもお前さんのような人間が来ることがわかっておったからかもしれんと思ってな」

またその言葉が出た。「山が騒ぐ」という意味が、ヒカルにはわからない。

「……3日後はダメだ。おれはもうここにはいない」

今日が日本に来てから8日目。

10日目には「世界を渡る術」によってヒカルは向こうの世界に戻ることになっている。

「なんだ、藤野多町を離れるのか」

「まあ……そんなところだ。遠いところに行く」

「……ならば明後日はどうだ？」

「明後日なら大丈夫だ……ただ俺から言っておいてなんだが、無理をしなくていいんだぞ」

「ふん。これほどのことをやってもらって、知らん顔をするほど恩知らずでもなければ、お前さんの振る舞いを見て善人か悪人か間違えるほど愚かでもないわい」

「そうか」

「昼過ぎに来なさい」

「ああ。後はうまくやれよ」

ヒカルが倒れ伏した襲撃者たちを見ながら言うと、老人はもう一度「ふん」と鼻を鳴らした。

サイレンはすぐそこまで近づいていた。

◇

国会議員秘書の朝は早い。

朝8時に議員会館に到着するように行動するのだが、その前にやらなければならない仕事があるのだ。

それは情報収集で、主要新聞4紙と国会議員の地元紙を電子版でチェックする。速読をマスターしている土岐河であったとしても、これには30分はかかる。

コーヒーを飲みながら新聞に目を通していると、頭が覚醒していくのを感じる――各紙のトップは昨日発表された政府の新たな経済対策についてだった。一方の地元紙は、洋上風力発電の新規参入企業についての記事がトップだ。

いつもどおり、問題ない――と思っているとスマートフォンに着信があった。その表示名を見て土岐河はぎくりとする。

「おはようございます、先生。どうなさいましたか」

彼が仕える、国会議員にして現在の財務大臣だ。

かなりの高齢なので大臣の朝が早いことは知っていたが、こんな時間に連絡してくるのはよほどのことだ。

『テレビを点《つ》けろ』

「……え？」

だが、大臣が言ったのは「テレビを点けろ」という指示だった。目を瞬《しばた》かせながらテレビを点けると――早朝のニュース番組が映し出される。

「新たな異世界人の疑惑……？　なんですかこれは――当然私も知りませんが……なぜそんなことをおたずねに？」

新たに異世界人が見つかったとしたら世間はまた大騒ぎになるだろうと思った土岐河だったが、大臣が言いたいのはそうじゃないということがすぐにわかった。

ニュースキャスターが言ったのだ。

この異世界人らしき人物が現れたのはY県藤野多町だ、と――。

『土岐河くん、これで世間の目は藤野多町に注がれることになった。これがなにを意味するかわかるかね』

静かな口調だった。だが、こういう口調のときの大臣は、腸《はらわた》が煮えくりかえっていることを土岐河は知っている。

『……総理は喜ぶだろう、あの方はそういうお人だ。注目が集まった藤野多町での一大プロジェクトを発表できるのだから。だが……用地買収は不可能となるな？』

ごくり、と土岐河はつばを飲んだ。

「あ、あの……まだチャンスが……」

『あるわけないだろう。金儲《かねもう》けのチャンスも、お前が議員になるチャンスもこれでなくなったというわけだ』

「せ、先生！　まだ終わってはいません！」

『終わりだよ。今日から議員会館には来なくていい』

ぶつり、と通話が切れた。

それは土岐河の野望がくじかれた音でもあった。

◇

「あー……たまらん」

寒空を見上げながら、ヒカルは露天風呂に浸《つ》かっていた。氷雨《ひさめ》に降られた昨晩、身体は凍《こご》えていたけれども、なんとかかんとか旅館に戻って熱い温泉に浸かることができた。

老人に注意した自分が風邪を引いていれば世話はないなと思ったヒカルだったが、翌朝起きてみると意外や意外、疲れは残っていたものの元気だった。そしてラヴィアのほうが元気いっぱいという感じだったが、これは彼女の「ソウルボード」に「スタミナ」を1振っているからかもしれなかった。

とはいえ今日は一日やることがないので、今日も今日とて温泉を楽しんでいるというわけだった。

風呂から上がって部屋に戻ると、浴衣《ゆかた》を着たラヴィアがスマートフォンを使っていた。いっしょに温泉に向かったはずなのに、ラヴィアのほうが先に出ているのだからヒカルはずいぶん長湯していたようだ。

とはいえ彼女の白い肌がほんのり薄紅色に染まっているのは、ラヴィアも長湯を楽しんだのかもしれない。

そんなラヴィアに女性としての色気を感じてどきりとするヒカルである。

「あ、ヒカル。これ見て」

ラヴィアが見せたのは——ニュースサイトだった。

そこには目を惹《ひ》く見出しが並んでいた。

『「東方四星」に続く別の異世界人？　魔法を生配信』

『藤野多町でマフィアの襲撃　魔法を使う異世界人も目撃』

『生配信を見逃したあなたへ　1分でわかる新たな異世界人情報』

昨日のできごとだ。

「……早いなぁ」

他人事《ひとごと》のようにヒカルはつぶやいた。

各国の報道機関に連絡を取り、土岐河秘書と丸見川エステート社長との会談を密告したメールアカウントにもどんどん返信が入ってきているのだが、それは昨晩の「新たな異世界人」が現れたのが藤野多町であることを結びつけた結果かもしれない。

だけれどメールアカウントは綾乃が管理しているのでヒカルが知ることはなく、それで問題はなかった。もう自分たちの役割は終わったからだ。

藤野多町は十分注目を浴びた。堂山老人の土地を安く買い叩《たた》くなんてことはもはやできないはずだ。

これから先、土岐河たちの陰謀が暴かれるかどうかの問題は、ヒカルの手からすでに離れている。

「ねえ、ヒカル。佐々鞍さんは日都新聞に戻るのかな？」

「あぁ……どうだろうね。ふつうに考えたら戻るんだろうけど」

昨晩、ヒカルとラヴィアは警察が到着する前にさっさと退散していたが、綾乃は現場に残っていたはずだ。またも後始末を全部任せてきたヒカルである。だが綾乃が新聞記者として活動する気なら、特等席で襲撃の一部始終を取材できたのだから少々の後始末くらいたいしたことはないだろう。

「ま、僕らは今日はゆっくりしよう」

ヒカルは敷かれたままの布団に寝転んだ。意外と疲れていたらしく、眠気が忍び寄ってきた——ラヴィアが寄り添ってくる気配があった。

（なんだかいろいろあったなぁ……だけど、また向こうの世界に帰ろう。ポーラも待ってるだろうし。明日堂山さんに会ったらこれで終わりだ……）

想定外が続いた日本での滞在だったなぁと思いながら、ヒカルは眠りに落ちた。

エピローグ　ふたつの選択肢

この世界には神様がいる。実体を伴って信者にアドバイスをくれるようなものではないけれども、「ソウルカード」という謎のテクノロジーによって「加護」を与えてくれることは間違いない。

だから人々は祈る。

神が気まぐれに——神に人格があるかどうかは議論する必要があるだろうが——新たな「加護」を与えてくれることが、ごくごく稀《まれ》にあるからだ。

ポーンソニア王国の王都中央教会は見事な造りで、まるで巨大な芸術品であり、立ち並ぶ石柱はこの建物を風格ある神殿として成立させている。「呪蝕ノ秘毒」による災禍では毒に苦しむ多くの信者が押し寄せたことも記憶に新しい。

一方で「呪蝕ノ秘毒」の災禍において活躍したのは「彷徨《さすらい》の聖女」だった。彼女の記録は公にはなっていないが、仮面を着けた修道女が夜な夜な高レベルの「回復魔法」を使い、病やケガに苦しむ人々を救った——しかも無償でだ。

そんな彼女の活動に感謝した人々が行ったのは、王都内でもスラムにある教会、放置された教会を美しく手入れすることだった。「彷徨の聖女」が修道服を着ていたから教会にもいつか来るかもしれないという憶測でしかなかったけれど、彼女に恩を返すにはそれくらいしか思いつかなかったのだ。

結果として、寂れた教会は再生し、司祭や助祭などはいないものの、ぽつりぽつりと人々が立ち寄り、信仰を捧げる場となっていた。

「………」

そんな教会のひとつを訪れていたのは、「彷徨の聖女」本人であるポーラだった。

早朝という時間帯では他に訪れる者もおらず、神像の前で祈っていた。

この世界の神には特定の形はないために、神像はいわゆる「それっぽい」姿をしているだけであり、この教会の神像は拳を振り上げた男神だった。

やたらとエネルギッシュでその持て余したエネルギーをどこに振り向けているのかわからない神像ではあったけれど、神像はつまり「信仰を捧げるべきわかりやすく置いてある相手」でしかないので問題はない。

「…………」

口を開いて熱弁を振るってるのか、叫んでいるのかはわからないが、問題はない。

「……ヒカル様」

ポーラは「世界を渡る術」を使っていた倉庫が破壊されているのを知ってから、大急ぎで術を使ってみたが発動しなかった。いや、惜しいところまでは行くのだが発動しない、という感じだろうか。なにかが足りないのか、あるいは多すぎるのかはわからなかったけれど、失敗だった。

　このままではヒカルとラヴィアを引き戻すために「世界を渡る術」を使うことはできない。日本には魔力がないらしいので、向こうで「世界を渡る術」を使ってこっちに戻ってくることもできないだろう。

「世界を渡る術」が使えないということは、ヒカルとラヴィアにはもう会えないということになる。いや、金貨を積んで大きめの精霊魔法石を購入できれば、人間は通れなくても物だけは送ることができる「世界を渡る術」を実行可能なのだが、今はその入手が難しい——精霊魔法石の流通が減って枯渇気味だからだ。

「東方四星」のソリューズは、自分たちが持っている資産を使って「世界を渡る術」を実行しようと言ってくれたが、今は冒険者ギルドの要請で王都を離れなければならなくなった。彼女たちが戻ってくるまではなにもできない。

　そう、祈る以外のことはできない……。

　ソリューズたちが戻ってきたら一方通行ながら「世界を渡る術」を使ってヒカルに連絡をし、ヒカルの判断を待とう——。

「……他にも、なにかあるはず」

目を開いたポーラは、そうつぶやいた。

「ヒカル様が私に期待しているのは、ただ待つだけの女じゃないはず……！」

もちろん「東方四星」の任務がすぐに終わって帰ってきてくれればありがたいが、だけど今、自分にできることを考え、行動しておくことは悪くないはずだ。

というか、そういう人間をヒカルは好むとポーラは知っている。

「ヒカル様！　ラヴィアちゃん！　私、がんばります！」

意を決したポーラは早朝の王都に飛び出した。

「……でも、なにから始めたらいいんですかね」

飛び出したはいいものの、やるべきことの見当はついていなかった。

◇

「セリカ、サーラ、そろそろ行くよ」

「うううううううぅ～～～……これじゃ100パー日本のイルミネーション見に行けないじゃないの～！　せっかく近場のホテルも予約できてたのにぃ！」

「クリスマスケーキとお雑煮《ぞうに》食べたかったにゃ～……」

ここは「東方四星」に与えられた天幕で、そのベッドでいまだにメソメソしているセリカとサーラ。

それを苦笑して見ているソリューズに、シュフィが話しかける。

「おふたりがこの調子だと先が思いやられますねぇ……」

「ははは。モンスターが出てきたら元通りのふたりになると思うよ。それよりも、サーラの食い意地はともかく、セリカがこんなにもロマンティックなものを好んでいるとは思わなかったなぁ」

セリカが年末にイルミネーションを見に行きたがっているという理由で、ヒカルの日本滞在も10日という短い期間になったのだけれど、どうやらもうしばらくこちらの世界にいなければならないようだ。ルネイアース大迷宮はたかだか1日2日で踏破できるものではないだろうし、そもそもポーンソニア王都への移動にかかる日数もある。

「ふふ」

するとシュフィが笑った。

「どうしたんだい？」

「いえ……。単にロマンだけが目的ではないようでして」

「？」

わからないで首をかしげるソリューズに、シュフィは言う。

「セリカさんが幼いころに、家族でそのイルミネーションを見たのだそうです。その美しさに、言葉にできないほど感動したそうで……だからこそ、わたくしたち3人ともぜひいっしょに見たいと思ったのですよ。家族同然の、わたくしたちといっしょに」

「……そうだったのか」

そんなセリカの思いを初めて聞いたソリューズは、驚きながらもうれしさに口元を緩ませた。

「ならば、なおさら早くにこの仕事を終わらせないといけないな。私だってもっと日本を楽しみたい」

「……ですが、『世界を渡る術』は」

倉庫が破壊されたことで、相互通行が可能な「世界を渡る術」が発動できなくなったことをシュフィも知っている。

「問題はある。だけれど問題なんてものは何度も解決してきたのが私たちじゃないか」

ソリューズは力強く言った。

「まずは目の前の問題から取り組もう」

天幕の入り口からは、邪悪な山がすぐそこに見える。

彼女たちはこれから、伝説とまで言われたルネイアース大迷宮に挑む——もちろん、ニセモノである可能性も否定できなかったけれど。

だが一方で、「これは本物の大迷宮ではないか」とソリューズは思っていた。ニセモノであれば、アインビストの盟主にして最強の男、ゲルハルトがダンジョン内で行方《ゆくえ》不明になったりはしないからだ。

気を引き締めなければならない——そして4人で笑って、日本にまた遊びに行くのだ。

◇

「異世界検証チャンネル」の管理人は踊り出したい気分だった。

一昨日に起きた異世界人らしい人物からの連絡、そしてその生中継によってチャンネル登録者数が倍増した——それは管理人が真っ先に「新たな異世界人」を本物だと考えて行動したことが大きいのだろう。この界隈では「やはりここは信用できる」という評価が定着したのだった。

過去に投稿した動画の閲覧数も急増していて、管理人の年収は今年大きく増えるだろうから、踊り出してもおかしくない。しがないサラリーマン生活ともおさらばできそうだ。いや、すでに退職届のファイルはできあがっていて、後は上司に出すだけというところまでになっていた。

今や世界中が「新たな異世界人」の話題で盛り上がっている。

特に、最後に登場した仮面の銀髪美少女——仮面で半分以上顔は見えなかったが「美少女に決まってる」と思われている――の人気が高まっている。

『ソリューズさんと同じ向こうの世界の人だよな？これでただのコスプレと特撮だったらどんだけハイクオリティなんだよってなるわ』

『銀髪美少女に踏まれたい』

『踏まれたい』

『あれは愛《め》でる対象だろ』

『は？　仮面の美少女とか踏んでいただかなくてどうするんだよ？』

『それを愛でるのがいいんだろが』

『やんのか？　おぉん？』

『表出ろ』

『コメントが荒れてんな……。しかしあのお屋敷になんで襲撃があったんだか、まだわからないんだっけ？』

『銀髪の美少女なんてめっちゃ目立ちそうなもんだけどなぁ。藤野多町みたいな田舎にいたらなおさらだろ』

『銀髪の子を乗せたタクシーとか電車とかの目撃情報はないのか？』

『これが全然ないんだよなぁ』

動画の視聴者たちはもちろん、「隠密《おんみつ》」などというスキルがあることを知らない。ヒカルもヒカルで、街中の防犯カメラに映ることは仕方ないとして、基本はラヴィアには「知覚遮断」のスキルを使ってもらっていたから目撃情報は最低限になっている。

タクシーにも何度も乗ったが、タクシー運転手はヒカルのことしか認識していないだろう。そして旅館の女将《おかみ》には、「髪を染めた」と言い張ったので、たぶん押し通せたはずだが……不安がないわけではなかった。旅館内での行動時には「知覚遮断」を使っているから問題ないのだが。

『ニュースで見たけど藤野多町であの日の夜に事件があったのは事実で、警察が動いてるんだっけ？』

『いくら田舎の金持ちだからって、襲撃するほどかね。米騒動かな？』

『米騒動であんなフル装備の武装集団が投入されてたらやべーだろ。なんか特別な秘密でもあるんじゃないのか』

『俺の従兄弟《いとこ》が藤野多町に住んでるんだけど、聞いてみたらなんか土地の買収の動きがあったとかって』

『今どき土地の買収くらいで、武装集団が出張ったりせんだろ。しかも田舎の土地で』

『わからんぞ。なんか埋蔵金とかあるんじゃないか？』

『あの周辺に埋蔵金の伝説はない。埋蔵金ハンターの俺が言うんだから間違いない』

『埋蔵金ハンターまで出てきたぞ。この動画コメント欄』

『埋蔵金かどうかはわからんけど、首相が今日藤野多町入りするみたい』

『なんで首相が？　やっぱ埋蔵金？』

『海外の検証勢も続々来日して藤野多町に向かってるって話だぞ。ホテル予約見たら藤野多町の宿泊施設は全部満室だった』

『ひえー。田舎が一晩で世界の注目を集めたな』

憶測が入り乱れているが確たる証拠はひとつもなく、視聴者たちは次になにかが起きるのを首を長くして待っていた。

そんな動画コメントを改めて見直しながら、管理人はつぶやく。

「……どうしてなんのリアクションもないんだ？」

あの動画が本物だったのか、なんの意図があって自分に——自分たちに連絡を取ってきたのか、それがわからなくて管理人は何度も質問を送っていた。

だけれど、今の今まで、返信はない。

そして「銀の仮面」チャンネルも閉鎖されていた。

いったい何のためのライブ配信だったのか——管理人が真相を知ることはなかった。

◇

日都新聞社会部は大騒ぎだった。

「新たな異世界人」についての取材は政治部と社会部のどちらも動いており、誰がいちばん早く情報をつかむかによって社内でも競争が起きている。

「クソッ！　まだ佐々鞍とは連絡が取れんのか!?」

社会部のデスクが声を張り上げると、綾乃と同期入社の記者が頭をかきながら、

「いやー、なしのつぶてですね。ほんとに藤野多町に行ったんすか？」

「行ってる」

「どうしてわかるんです？」

「………………」

それについては答えられなかった。

綾乃が自分に、土岐河の密談ビデオを見せてきたのは社会部の誰にも言っていないことだった。

デスクは綾乃が、無駄な正義感を燃やして藤野多町に行ったのではないかと考えているのだった。

そんなさなか、「新たな異世界人」の話題が出てきて、その舞台が藤野多町だとわかったのだ。しかも警察が夜間に大量出動するというニュースもあって、日都新聞Y県支局が

総動員でこの事件を追っている。

「……お前は引き続き佐々較に連絡を取ってくれ。アイツがなにかネタを持ってる可能性があるんだ！」

「へーい」

デスクはそう命じたあと、政治部へと向かった。政治部のデスクと目が合うと、彼もすぐに立ち上がってふたりは喫煙所へと向かう。

「そっちはなにか情報つかみましたか？　総理が藤野多町入りするんでしょう？」

社会部デスクがたずねると、

「それなんですが、どうやら大規模プロジェクトを藤野多町でやるっていうの、前倒しで発表するらしいですよ。これは別のネタ元から確認が取れました」

「なんだって？じゃあ、あのフェイク動画は本物だったってことに……？」

「そうみたいですね……土岐河先生に連絡を取ろうとしてるんだけどつながらなくて。議員事務所に電話をしてみたところ、もう東京にいないっていうんですよ」

「なんですか、そりゃ」

「わかりませんな。なんでも大臣の不興を買ったんじゃないかとか……」

「……そ、それってもしかしてあのフェイク動画……じゃなかった、本物動画が流出したことを知られたってことじゃ……？」

「そうかもしれませんが……それはそうとその動画、どうするんです？　記事にします？　動画さえもらえればウチで記事にもできますよ。あんなネタを持ってくる記者がいる社会部がうらやましいですよ」

「佐々鞍とは連絡が取れていない……」

「……なんですって？」

「俺が頭からフェイクだと否定したことで、腹を立てているのか……出社してない」

「えええ？　これ逃したらヤバイでしょう」

「それはわかっていますが……」

とそこへ、喫煙所の扉が開いた。

「お前ら！　こんなところでなにをしている！」

かつてはこのふたりの上司でもあった鬼のような顔をした――日都新聞の役員だった。

「い、いや、情報交換を……」

「バカモン！　その前にこの情報は見たのか⁉」

鬼はスマートフォンの画面をふたりに突きつけた。

「あ――」

「あ――」

そしてふたりは同時に声を上げた。

英語のニュースサイトであり、そこにあった画像は土岐河と丸見川エステートの社長ふたりの会談。

まさに、綾乃が持ち込んだ動画だ。

『日本の現役国会議員秘書が機密情報を利用して土地買収』

というセンセーショナルなタイトルまでついていた。

あの動画が、海外のニュースメディアに使われているのは明らかだった。

「なんで土岐川の記事が、ウチじゃなくてよその、しかも海外のメディアに抜かれてんだ！　今すぐ動けェッ！　巻き返せなかったら、てめェらはぺーぺーの記者からやり直しだぞ！」

鬼に怒鳴られ、中年のふたりは大慌てで走り出すのだった。

◇

藤野多警察署にひとりの男が出頭したのはその日の夕方だった。

ヒゲは剃《そ》り、きっちりとスーツを着て——少々よれていたがこれしか持っていないのだから仕方がない——少なくとも、初めて会う人にもまともな印象を与える格好だった。

警察署の周辺はテレビカメラも含む報道陣が押し寄せており、大変な騒ぎになっていたが、顔見知りの警察官を見つけ、裏口から通してもらった。

「――はあ？　出頭しに来たぁ？」

署内の刑事は用件を聞くなり呆《あき》れたような声を出した。

一応、話を聞くときには取調室に通すことになっているので、机と椅子があるだけの窓もない圧迫感のある部屋に、ふたりで向き合っている。

年かさの刑事は、くたびれたワイシャツの袖をまくっており、生え始めた無精《ぶしょう》ひげをさすりながら言う。

「なんだなんだ。おたくは昨日も聴取に協力してくれた……なんだっけ、未来なんとかって会社の……」

「藤野多未来結社です」

「そうそう、そこの代表、貴島さんだよな？　今さらなんの出頭なんだ？」

たずねられ、男は、藤野多未来結社の代表である彼は、自分のしてきたことを語った。

金に困って丸見川エステートの話に乗ったこと。

違法性の高い、「地上げ行為」だとわかっていて、チンピラを連れて堂山邸に向かったこと。

そこで返り討ちに遭い、警察の世話になったが「自分たちは暴力行為を受けた被害者だ」と主張したこと。

つまるところ、自分は悪事に手を染めていたということを話した。

「ほお……」

「だけど、これは俺がひとりで請け負ったことなんです。結社にいる後輩連中はなんも知らない。全部俺が悪いんです」

「あー、その、つまり、だ。おたくが言いたいのは堂山邸に乗りこんで、恐喝まがいのことをしたってことだな？」

「ええと、はい……でもそれが『地上げ』だとわかってて、俺は」

「『地上げ』のほうは未遂だろう。罪には問えんだろうな。つまり人数引き連れてった恐喝くらいだ」

「はあ……」

そこだけ聞くとなんだかショボく感じてしまう。

「――とはいえ、なんだって急に罪の告白なんてしようと思ったんだ？　黙ってりゃ、昨日の騒ぎに関わった一躍有名人、時の人ってところだろうが」

「それは……」

もごもごと口の中で男は言いよどんだが、結局言うことにした。

「……昨日の配信で使った照明機材は、うちの実家のものなんです。それで返却しに親父のところに行っていろいろ話したら……」

「なんだ、家に帰ってこいとでも言われたか？」

「……まあ、そんなところで……」

「だけど、おたくはこの地元でマズいことをやらかした自覚があった。だからケジメをつけるためにここに来たってわけか」

「……………」

そこまではっきり言われてしまうと、恥ずかしくて縮こまる貴島である。

「ったく、昨日の今日でうちが死ぬほど忙しいのはわかってんだろ？　廃棄物の処理施設で爆発事故があって、今度は異世界人。つい先ほどは内閣総理大臣殿のご到着で警備のために大動員がかかってる。そんななか、恐喝案件の自首だよ」

「す、すみません」

男はさらに身をすくめた。

自分としては決意してやってきたつもりだったのに、この言われようである。ますます自分のやらかしたことがショボく思えてきた。

「そんで、どうするんだ？　実家の電気店を継ぐのか？」

「いえ……。藤野多未来結社を使って、親父や他の人たちの声を聞いて、もっとできることを探そうかなって……。いまだに店の伝票がアナログのところとかもあるし、たぶんそういうところで協力できるんじゃないかって」

「ほお。地に足の着いた考えをするようになったってわけか。未来結社とかいうご大層な名前とは裏腹に？」

「それは……言わんでください」

野心を持って東京に出て、夢破れて藤野多町に戻ったものの、結局ここでもくすぶっていた。だけど野心を持っていたときのことを忘れられず「藤野多未来結社」なんていうカッコつけた名前をつけてしまった。

そこを突かれると、顔から火が出る。

「ま、身の程がわかったってんならそれでいいわな。おたくもまだまだ若いんだし、なんでもできるだろ」

「はあ……ですがその前にですね、罪を償わないと……」

「さっさと帰れ」

「……は？」

「今言ったとおりだ、おたくに罪はない」

「いやいやいや……聞いてましたか、俺の話？　小さいかもしれねえけど、恐喝したっていう事実は……あ、もしかして、忙しいからもみ消そうとしてます？」

「バカ！　若造のくせに生意気言うな！」

バンッ、とデスクを叩《たた》かれて男はのけぞった。

「……ったく、取り調べでこういうことやると、後で訴えられたりもするんだよ。警察だっていろんなことに気ぃ遣ってんの。わかる？」

「あ、はあ……？」

「おたくの罪はない。これは確定だ」

「いや、しかし」

「しかしもカカシもねえ。大体な、被害者がいねえんだよ」

「……え？」

「堂山さんがそう言ったんだ。俺らだって今回の事件が異常だってことはわかってる。だから堂山さんにいろいろ聞いたわけだ。それこそ、おたくらの恐喝まがいのこともな？　そこで立件して、叩けばほこりが出るかもしれねえとか思うわけだよ」

「…………」

男はごくりとツバを飲んだ。

自分がもしもなにもしなくとも、警察に踏み込まれて逮捕されていた――そんな未来もあったのかもしれない。

「だけど堂山さんは、おたくに罪はないと言ったんだ。なんもかんもわかってるとか、そういうんじゃねえな。ただ、地元の若い者を、そうそう追い詰めるなと、そう言ったわけだ」

「あ……」

すでに堂山は自分を許してくれていた。

「……そんなわけでよ、感謝しとけよ」

「は、はい……」

その事実が一瞬理解できなかったが、次の瞬間には貴島は頭を下げた。深々と。こうして頭を下げることには慣れていた――それこそ丸見川エステートから仕事をもらったときだって頭を深く下げた。

でも、このときほど心を込めて頭を下げてはいなかった。

貴島は、刑事にではなくここにいない堂山老人に向かって頭を下げたのだった――まるで自分がこれからなにをしようとしているのか、見透かされているようにさえ思えた。

頭を上げると、すでに刑事はいなかった。

裏口から警察署を出ると日は沈もうとしている。

今日という日が終わろうとしている。そして半日経《た》てば明日がやってくる。

「明日からは――」

これまでとは違う人生を送ろう。

そう心に誓った。

◇

今日で10日目だ、とヒカルは思った。なにもなければ今夜10時ごろに「世界を渡る術」が実行され、セリカたちと入れ替わりに向こうの世界へと戻る。

「体調はどう？」

「うーん……完璧だね」

ラヴィアとともに温泉旅館をチェックアウトしたヒカルは、明るい陽射しに目を細めた。今日、堂山邸に向かえばすべての用件は終わったことになる——。

（……連絡、なかったな）

気がかりがひとつあるとすれば、それは佐々鞍綾乃と連絡が取れていないことだった。だが、そこは楽観していた。海外メディアが土岐河について報道を始めているので、綾乃もそちらに協力しているのだろうと思えたのだ。

いくらデジタルが苦手な綾乃とはいえ、メールくらいはできるだろう。

（ほんっと、苦手もここまでくるとひとつの芸だなと思うくらいにダメだったな、あの人は）

今連絡が取れていないのも、もしかしたらスマートフォンを破損するなりして、連絡がつかないだけではないかとそんな気さえしている。

（ま、いいか。後は本人がどうにかすることだ）

堂山邸を襲撃したのが大陸系マフィアであることはすぐに判明するだろう。そして土岐河の動きと合わせれば、財務大臣が大陸から資金を引き込んで、一儲《ひともう》けしようとしていた──そんな構図が浮かび上がる。

それを調べるのは警察、検察の仕事だし、記事にするのはジャーナリストの仕事だ。綾乃はこれから忙しくなるに違いない。

（もう会うこともないんだろうな……佐々鞍さんとは。海外メディアに寄稿したら世界のAyano Sasakuraになりそうだな）

そのときふと、ヒカルの頭になにかが引っかかった。そうだ、この感覚。いくつもの引っかかりが解消されていないような気が──。

「──ヒカル？　タクシー来たよ」

「あ、うん」

まあいいか……どうせもう今夜には向こうに戻るんだし、とヒカルは立ち上がり、タクシーに乗り込んだ。

タクシーの運転手はいつものおしゃべりな運転手だった。彼は藤野多駅方面に車を走らせながら、今、世界から注目を浴びているんですよなんて言って上機嫌だった。ヒカルが事件についてなにも知らないと言うとすぐに信じてくれ、相変わらずラヴィアにも気づいていない。底抜けにいい人だなとヒカルは思う。

「もう少し滞在していたらよかったのにねえ。総理大臣も来てるってのに……」

「いやーははは……僕にも都合があるので」

「そうかぁ。それじゃあ、気をつけて！」

藤野多駅でタクシーを降りると、ヒカルとラヴィアは荷物をロッカーに預け、今度はぶらぶらと歩いて堂山邸に向かった。バラバラバラと音がするので見上げると、報道のヘリコプターが飛んでいる。

「うわぁ……ほんとに大騒ぎだな」

長い時間をかけて堂山邸にたどり着くと、そこにも報道陣が詰めかけていた。

ひっそりとしていた堂山邸の近辺はいつになく騒々しかった。報道関係の車があちこちに停まり、脚立《きゃたつ》に乗って壁の上から邸内を撮影しているカメラマンまでいる。

それだけではなかった。

明らかに野次馬らしき人々が――外国人も多い――あちこちをうろうろしている。

警察官も出動して交通整理に当たっていた。

「――堂山さんだ！」

誰かが叫ぶと、全員の視線がそちらに向いた。

お屋敷の通用門が開いて、堂山老人が現れたのだ。

マイクを手にしたレポーターと、それに続いてテレビカメラが殺到する。

「堂山さん！　コメントをお願いします！　一昨日、新たな異世界人が現れたという話ですが!?」

「…………」

堂山老人を中心に、瞬《また》く間に人垣ができ、何本ものマイクがまるで拳銃のように堂山老人に突きつけられ、そのレポーターの肩越しに、あるいは頭の上からＩＣレコーダーやテレビカメラ、はたまたスマートフォンがぬっと差し出された。

圧迫感はすさまじいものだろうが、堂山老人はふだん通りの渋い表情でこう言った。

「――近所迷惑だ」

だがそんなことで怯《ひる》むレポーターではない。

「堂山さん！　コメントできないということは、異世界人に『話すな』と言われているのですか!?」

なんでそんなふうに捉えるのか、日本語のコミュニケーションができないのか――なんて思っている目で堂山老人はそのレポーターを見るが、レポーターは自分たちが欲しいコメントを取りたいだけなのだ。

堂山老人はその点で、彼らとのコミュニケーションに慣れていない。

「なにを言っている？　彼らはそんなことを言わないし……」

「異世界人と会話をしたんですね!?　日本語でしたか!?　なんと言っていましたか!?」

「そりゃ、日本語だろうが。それに異世界人かどうかなんてわからん。自分からそうとでも名乗られたところで眉唾《まゆつば》ものだろう……」

「つまり田之上芹華さんと同じ、地球から異世界に行き、帰ってきたパターンなんですね!?」

報道陣の間から「スクープだ！」「他にも日本人が異世界に行っていた可能性！　夕刊に差し込めるか!?」なんて言葉が上がる。

「だから、異世界人とは一言も言ってない……」

「魔法の威力はすごかったですね!?　堂山さんは間近で見ていかがでしたか!?」

「…………」

「警察の現場検証ではなにか情報がありましたか!?」

「…………」

「お庭を撮らせてください！　専門家を連れてくるので、魔法の痕跡を見せてほしいんですよ！」

「…………」

堂山老人はうんざりした顔でマイクとカメラを見回すと、はぁ……とため息をついて通用門から邸内に戻った。

「ちょっと堂山さん⁉　堂山さーん！」

「コメントを！　コメントをください！」

「国民が知りたがってるんですよ！」

そんな声が聞こえてくるが、聞こえないふりをした。後日、騒ぎが収まったらご近所に謝りに行かなければと思う。

「なんなんだあやつらは……大騒ぎするにもほどがあろうに。大体、専門家に庭を見せると言うが、魔法の専門家がおるなどというのは初耳だぞ……」

ぶつぶつとつぶやいて玄関に入り、

「はぁ〜〜〜どっと疲れたわい……」

もう一度特大の息をついたときだった。

「ジイさんも苦労が絶えないな」

そこには仮面を着けた少年と少女がいた。

報道陣が堂山老人に気を取られている隙に、脚立《きゃたつ》を拝借して塀を越えて邸内に侵入したヒカルとラヴィアである。「隠密《おんみつ》」を使っていたので近くにいた者には気づかれなかったが、ヘリコプターにカメラが積まれていたらばっちり写っていただろう。

「っ⁉　お、お前さんたち……驚かすな。心臓が止まると思ったろうが」

「それはちょっとシャレにならないな」

ヒカルがにやりとすると、

「……いずれにせよ、やはり来たか」

「来ないほうがよかったか？」

「いや……わからん。山のことを話そうとは思っていたが、いざとなるとな……一族以外に話したことがないからな」

「ただの一度も？」

「当然じゃ」

「そうか。それなら話さなくてもいいぞ」

ヒカルとしては、老人が「恩は返さねば」と思っているからこそ出した交換条件にすぎないと思っている。だが、老人にとってそれが負担ならば別に受け取らなくてもいい。

確かに御土璃山には、堂山一族がここまでして守らなければならないような秘密があるのだろうし、気になるかと言われれば気になるが、どうしても暴かねばならない秘密ではない。

世の中には不思議がたくさんあって、それはそれとして残しておけばいいと思えるくらいには、ヒカルはさまざまな経験をしてきた。

「……話さなくていい、と言われると軽んじられているようで業腹《ごうはら》じゃな」

「ええ？　なんて言えばいいんだよ」

「まあ、他人の秘密を吹聴《ふいちょう》するような者ではなかろうし、お前さん自身が秘密の塊《かたまり》みたいなものだから、話すのはやぶさかではない」

老人は話しながらサンダルを脱ぎ、玄関から上がりながら二人に言った。

「行くぞ、御土璃山に。——ああ、外に出ると騒がしいからの、靴を持って来なさい」

堂山邸の裏手から御土璃山につながる小径《こみち》があり、ヒカルはそこから山に入るのだろうと思っていた。しかし予想もしなかったことに、この家には地下室と地下道があった。

「連中、御土璃山にも何人か潜んでおってな。そっちに出たらまたも大騒ぎになる」

「あぁ……しかしここ、大丈夫なのか？」

地面をくりぬいただけ、という感じの地下室にヒカルは少々不安を覚える。冬だというのにジメジメしていて、壁はぬらりと濡れている。

「地震でもきたら崩れそうだ……」

「それは心配するな。もう何百年も耐えておる。大体、昨晩も揺れたがなんともなかろう？」

「昨晩？　地震があったか？」

ヒカルはラヴィアを見るが、彼女は首を横に振った。

「——ああ、そうか、そうか。ここはの、『山が騒ぐ』ことで揺れるんじゃ。いや……ワシは家が揺れるから『山が騒いだ』とわかると言うべきか」

　それは折に触れて老人が口にしていた言葉だ。

「アンタは確か、この家に住んでいると山が騒いだかどうかわかるとかなんとか言っていたっけ。それは地震……いや、地鳴りのようなものを通じて知ることができるということか？　この家、あるいは御土璃山周辺だけが揺れる」

「そういうことじゃ。——ほれ、ここから靴を履きなさい」

　老人に促され、ヒカルとラヴィアは靴を履いて地下道に入る。老人が手に持つハンドライトが先を照らすが、緩やかな斜面になっている地下道の先は真っ暗だった。

「……だけど、あの襲撃者はこの家にいなくても『山が騒いだ』ことを知っていたよな？　だからなのかわからないけど、本来の目的は土地の買収だったのに、御土璃山に執着しているように、おれには感じられた」

「うむ。……たまにおるのだ。ああいう、異常を感知できる人間がな。堂山家の長い歴史にもある」

「異常？」

「……見ればわかると言いたいが、その前に御土璃山について話しておかねばなるまい」

　長くて湿った地下道はどこまで続くのだろうか。ヒカルの「生命探知」は上方に人の気配を捉えたが、これは先ほど堂山老人の言っていた御土璃山に入り込んでいる報道関係者なのだろう。

ということは、堂山邸の敷地はもう出たということになる。

結構長いな……とヒカルは思った。

こんな地下道が用意されているということは、単に神様を祀《まつ》っている神聖なお社《やしろ》とか、そういうものではない——そんな気がした。

「お前さんは、神を信じるかね？　それとも異世界という場所には神がいるのかね？」

「……神をどう定義するかによる」

すこし迷ってから老人の質問にはそう答えた。

「くっくっ……そうだの、確かに、人によって神と感じられるものは変わるかもしれん。ワシが今お前さんたちを連れていくのは、『人では理解できないもの』のある場所じゃ。それをご先祖様は『神域』と呼んできた」

「…………」

ヒカルは顔だけ振り返り、ラヴィアを見る。彼女もヒカルを見ていた。

「ワシはな、この『神域』という言葉があまり好きではないのだ。神、などという言葉を使うのならば、どうしても聖なるものを想像してしまうだろう？　だが、これから行く場所には聖なる気配などはないんじゃよ」

「では、邪悪だと？」

「ふむ……邪悪、と言ってもいいかもしれん。人を変えてしまう力を持った場所だからの……それも悪いほうに」

「！」

旅館の女将《おかみ》さんはこう言っていた。

――ほら、よくありますでしょ？　お化けが出るっていう……。

そしてタクシーの運転手も、

――祟《たた》りが起きないように封印してたんですよ。

――そこに住んでる悪い神様が近隣の住民に祟るとか言われているんです。

――私にもわかりませんが、実際そういうことがあったそうなんですよ。頭がちょっとおかしくなっちゃったとか、幽霊が見えるようになったとか。実際、陰気な場所ですしねえ……それで気持ちがやられちゃうんじゃないかとか思うんですが。

と言っていた。

なにかがあるのだ。この山には。単に不気味な場所というだけではなく、堂山一族が守り続けなければならないほどのなにかが。

不意に、都市伝説やおとぎ話のような存在だった御土璃山の怪異が、実体を伴って迫ってくるのをヒカルは感じた。

「あそこから外に出るぞ」

ハンドライトが照らすそこには、朽ちかけた木の扉があった。

老人が押し開くと、外からは乾いた風が吹き込んできた。そして外は予想以上に暗く、寒かった。

「ふむ……早く終わらせたほうがよさそうじゃな。雪になるぞ」

ヒカルとラヴィアが続いて出ると、そこはまさしく「山の中」という感じだった。人の手の入っていない茂みが多く、もちろん堂山邸は見えない。

かろうじて、獣道のような小径《こみち》が続いていた。

「ここから遠いのか？」

道に迷ったらどうすべきかを考えつつヒカルが問うと、堂山老人は「すぐじゃよ」と言った。

小径は緩やかな上り坂になり、時折下る。葉を落とした木々の間から見えるのは陰鬱《いんうつ》な雲だった。さっきまでは晴れていたというのに——なんだかイヤな予感がヒカルの胸を満たしていく。

（気をつけたほうがいい……こういうときの「直感」は当たるんだ）

すぐ、とか言った割にそこから15分ほど歩いてたどり着いたのは——険しくも寒々しい渓流だった。

大人の背丈以上もある巨岩をぐるりと回っていくと、そこには壁面に亀裂が入るようにできた洞窟があった。

「ふぅ、ふぅ……はぁー、さすがに疲れたわい」

老人にもこの距離はしんどかったようで、手近な石に腰を下ろした。ラヴィアが巨岩に手を触れ、思っていたよりもずっと冷たかったせいか驚いて手を引いている。

「…………」

ただヒカルだけが、正面にある洞窟を見据えていた。

「──どうした、そんなに気になるのか？　最初は興味などない、みたいな顔をしとったのに……」

「おれひとりで、中を見てきても？」

「いや、それはダメじゃ」

すぐに老人は立ち上がった。

「中に連れてはいく。だが、約束をしてほしい」

「約束？」

「ワシが指示した場所から奥へは行かぬこと。絶対にだ」

「……わかった」

強い口調にヒカルもうなずいた。

老人は一度深呼吸をすると、ヒカルとラヴィアを連れて洞窟へと入った。

地盤の変化や崩落でできた洞窟なのだろう。剥《む》き出しの壁や崩れ落ちた岩がそのままになっている。

そしてその洞窟は長くはなかった。奥行きは50メートルもない。カーブした先に、あっという間にその場所が現れた。

「――ここまでじゃ。ここより先に入ってはならん」

老人はヒカルとラヴィアを手で制した。

遠目にもそこが、異常であることはわかった。なぜなら――。

「綺麗《きれい》……」

思わず、という感じでラヴィアがつぶやいた。

そう、老人がハンドライトを当てるまでもなくその場所ははっきりと見えるのだ。なぜならば、地面が、壁面が、蛍光色を放っているからだ。

その色は黄色とグリーンの中間だ。

じっと見続けているとだんだんまぶしくなるような、不思議な光だった。

(御土璃山……)

この山の名をヒカルは思い出していた。

ラヴィアは、「御土璃山」の意味を説明したときに「土が宝石」と表現していたが、まさにそうだった。この洞窟の奥の鉱脈こそが宝なのだ。

そして「みどり」は「緑」にも通じる。この光の色がまさにそれだ。

「これ以上はダメなのだ。危険だからな……」

うわごとのようにそう言った老人は、なぜかとてつもなく疲れ切っているようにさえ感じられた。

「……『神域』がここじゃ。見ればわかるだろう？　これほどの輝きを持つ存在は、大昔の人間にとっては不可思議の塊《かたまり》だった。ゆえに我ら一族はこの山を守ることにした……」

ぽつり、ぽつりと老人は語る。

「……じゃが、これはただ単に不可思議なものである、というわけではなかった。祖先の中にはおったんじゃ……ここで日がな一日過ごす者がな。この光に、誘惑されたと言ってもいいかもしれん……」

確かにこの明るさはクセになるような感じさえあった。

「……そうした者がどうなったか、わかるかね？」

ヒカルは答えた。

「『変質した』」

老人はうなずいた。

そうだ。それこそがこの「神域」のカギなのだ。

「……ろれつが回らなくなり、毛も抜けた。そうして早々と死んでしまったんじゃ。つまりここは……」

　そこまで言った老人だったが、言葉を切ってしまった。

　この先を言ってもいいのかどうか、迷うように。

　だがヒカルは老人の考えを推測していた。

「アンタはこれが……天然ウランだと、そう考えているんだな？」

「！」

　ハッとした顔で堂山老人がヒカルを見た。

　日本ではあまりなじみのない金属だが、ウラン鉱床が日本にもないわけではない。岡山《おかやま》県と鳥取《とっとり》県の境にある人形峠《にんぎょうとうげ》、それに岐阜《ぎふ》県にも鉱床はある。

　原子力発電のために使われるもの、というイメージがあるウランだが、それ以外にもごく微量のウランを使った「ウランガラス」なんてものもある。これは紫外線を当てると蛍光緑に光るという特徴があった。

「そうじゃ。放射能に長いことさらされていたらどうなるか……お前さんもわかるだろう？」

「被曝《ひばく》による重篤な健康被害か。……それで、この鉱床の調査は済んでいるのか？」

　たずねると、老人は首を横に振った。

「ウラン鉱床であるとわかれば、立ち入りは当然禁じられることになるし、違った意味でこの御土璃山が目立ってしまう。それは避けたい。ワシら一族以外が入らない場所じゃ……このままにしておけばよかろう」

「…………」

堂山家はこの場所を守り続けた。そして堂山老人は、おそらく自分の代になってようやくこれがウラン鉱床なのだという結論に行き着いた。

言い伝えは言い伝えのまま、残しておきたい――そういう意味合いだろう。

「よくわかった」

ヒカルはうなずき、こう続けた。

「だけどこれは、ウラン鉱床じゃない」

聞いた堂山老人は――いや、それだけではなくラヴィアまでもがぽかんとした。ラヴィアはウラン鉱床についてはよくわかっていないはずだが、堂山老人の考えをヒカルが否定したことはわかったはずだ。

「……どういうことだね？」

ややあって、それだけを絞り出すように老人は言った。

「そのままの意味だ。これはウラン鉱床じゃない。だから放射能は出ていない」

「なぜそんなことがわかるというんだ」

「調査をしてないんだろう？　放射線測定器などで確認したことは？」

老人は首を横に振った。

「必要ない……実際に蛍光グリーンに光を放ち、過去にはここで過ごして早死にした祖先もいる。改めて調べる必要などない」

「他人を入れたくない気持ちはわかるが、だけどアンタはやっぱり手を尽くして調べるべきだった。測定器を使えばすぐにわかったことだろうし」

「なにを言ってる？　この光は明らかに――」

「ウラン鉱床の中でも一部のものは蛍光グリーンの光を放つが、それはあくまでも紫外線を当てた場合だ。つまり光の届かないこんな場所で、煌々《こうこう》と光を放つことはあり得ない。あと、ウラン鉱床が局地的な地震を引き起こすこともない。『山が騒ぐ』と言ったのは他ならぬアンタだ。ウランの仕業ではない」

「……なんじゃと？」

「これはまったく別の物質ってわけだ。つまり、近づいても安全だ」

「お、おい！」

ヒカルは老人の横を通って、謎めく光を放つ場所へと歩み寄る。

すでにヒカルにはその答えがわかっていた。

先ほどこの場所に来たときから感じていたのだ――この場所が放つ魔力を。「魔力探知」で確認すると、痛いほどの輝きを感じる。

超高濃度魔力だった。

こんなもの、向こうの世界でも見たことがない。

（あったんだ……）

日本、いや、地球にも高濃度の魔力物質があったのだ。

この魔力が時折、大地に影響して局地的な地震を起こしていたのではないかとヒカルは推測する。それほどの力を持っていてもおかしくない魔力濃度なのだ。

（これほどの魔力を浴びたら……そりゃ身体がおかしくなるよな）

地球の人々は、魔力のない環境で暮らしている。そんな彼らがこれほど強力な魔力を浴びて暮らしたらどうなるのか——きっと、変質する。

魔力に目覚めるのだ。それがどんな形なのかはわからないが、異世界でアンデッドモンスターなんて呼ばれていた悪霊を目視できるようになるかもしれないし、あるいはこれまでと違った感覚に戸惑うこともあるかもしれないし、肉体が変質についていけず死んでしまうこともあるだろう。

——アイツは「神域」にいたせいで頭がおかしくなった。

と周囲が言ってもおかしくない。

（あの襲撃者のリーダーも、この魔力の存在を感じ取っていたんだ）

堂山老人とは違い、マフィアのリーダーは最初から御土璃山になにかがあると、確信しているふうだった。ヒカルの「魔力探知」とは違う、なんらかの感覚。ヒカルのスキルは便利ではあったけれど自分でコントロールしないといけないし、範囲を広げすぎると頭が痛くなるのでいつも最小限の展開にしている。御土璃山のお社《やしろ》があった場所からここまでは1キロ以上は離れているし、事前に魔力の存在を確認することはできなかった。

一方、襲撃者であるマフィアのリーダーは、もっとふわっと、異質なものを察知する能力を持っている。

(不思議な能力だ……世の中は広いな)

多くのことがわかった今でも、わからないものはまだまだ残る。

「これはほんとうに……ウランではないのかね?」

「ほぼ確実にね——可能性はゼロではないけど」

ヒカルの隣に堂山老人がやってきた。緑色の鉱脈まではあと数メートルという距離だった。

「そういえば昔は、下のお社で縁日をやっていたと聞いたけど」

「あ、ああ……そうじゃな。だがワシの代になってやめたんじゃよ。訪れる者も少なくなったし、なによりそれを楽しむ子どもも少なくなった」

「そのお社にここの石を持っていったりしなかったか?」

「!?」

驚いた顔で老人がヒカルを見る。

「そ、それは……あるが。この山を鎮《しず》めるには神様の力が必要じゃからのう……かつての縁日の時期に合わせてお社に置いておる」

「なるほどね」

タクシーの運転手が以前肝試《きもだめ》しをして、「幽霊を見た」という仲間がいたと言っていた。それはきっと、この石を運ぶときに漏れた光をたまたま見てしまったのだろう。

「い、いや、そんなことはどうでもいいのだ……これは一体なんなのだ？　我らが守ってきたこの鉱床は……！　お前さんは知っているのだろう？」

ここまで堂山老人が取り乱したのは初めてだった。

それほどまでにこの場所は老人にとって——いや、彼だけでなく一族にとって重要なものだからだ。

声はどこか助けを求めるようにさえ響いていた。

「……理解はできないかもしれないが、おれの考えを言おう。この鉱床はな——」

と、ヒカルが言おうとしたときだった。

『魔石。精霊魔法石なんかよりもずっと高濃度の魔力を含んだ、極めて希有《けう》な存在』

先んじて告げた言葉は、日本語ではなかった。

この10日間、ヒカルも、ラヴィアもほとんど使うことのなかった向こうの世界の言葉。

ラヴィアが言ったのならばわかるけれど、声の主はラヴィアではなかった。

「え……」

ヒカルが振り返ったそこにいたのは、ダウンジャケットにキャップとジーンズ、それにスニーカーを履いただけという軽装の女性だった。

「今……なんと言ったのだ？　お前さんは新聞記者の佐々鞍さんだったか——いや、どうしてここにおるのだ？」

彼女はキャップを目深《まぶか》にかぶっているのでその表情が見えない。だけれど、ぎょっとして立ちすくむラヴィアのすぐ後ろにいた綾乃は、まともじゃない気配を漂わせていた。

口元を三日月のようにニタリと歪《ゆが》ませたのだった。

『まさかこんなところで出会えるとは思わなかったよ。これほどの魔石……いや、魔力結晶にねえ……』

「ラヴィア、逃げろ!!」

ぞわりと背筋に悪寒《おかん》が走ったのは、それは「直感」が働くまでもないほどにまっとうな反応だった。それほどまでに綾乃の——これがあのポンコツだった綾乃と同一人物なのかと思うほどで——声は、冷たく、怨念《おんねん》のそれのようにさえ聞こえたのだ。

逃げろ、とヒカルは言ったが、綾乃はそこにラヴィアがいることに気づかなかったように彼女の横を通り抜けた。

綾乃は武器など持っていない。戦闘も素人《しろうと》。ヒカルは尾行されるなんて考えなかったので、探知系スキルを発動させていなかった。なぜ彼女がここにいるのかわからない。

綾乃はただの人間だ。特殊な力でついてきたわけでもない。

だけれど、ヒカルの脳内に警鐘が鳴る。

なにかがおかしい、と。

向こうの言語を使えるのはなぜだ？　綾乃はこの世界で生まれ育ち、大学卒業後に日都新聞に入社したという経歴がある。

それになぜこの場にやってきたのだ――新聞記者として来たのならば理解できるが、彼女は記録用のカメラやスマートフォンを持っていない。

どくん、どくん、と心臓が鳴る。

「記者さん、お前さんにここに入る許可を出した覚えはない――」

綾乃の前に立ちはだかろうとした堂山老人を、ヒカルは手で制する。

「……アンタは、何者だ」

だが綾乃は答えず、ヒカルとの距離はあと1歩というところまでに近づいていた。

攻撃するのか？　いや、そもそも敵対しているのか？　どうしたらいい？

その瞬間は、すぐにやってきて、過ぎ去った。

綾乃はヒカルの横すら通り抜けたのだった。

「な……？」

キャップのつばの下、爛々《らんらん》と輝く瞳はただ前に向けられていた。

つまり、その先にある魔力結晶の鉱床へと。

ヒカルの脳裏に綾乃の記憶がフラッシュバックする。

なにもない、片付いている部屋。それは徹底したミニマリストなのだろうと思っていたこと。

現代人にしてはおかしいくらいにデジタルに弱かった。

「耳がもげる」なんていう言葉を使うからヒカルが「耳にたこができる」と指摘すると、

――なんで異世界人のあなたが私よりこっちの世界の言葉に詳しいのよ！

と言った。

よくよく考えれば、綾乃は「こっちの世界の言葉」ではなく「日本語」と言うべきではなかったのではないか？

そして、藤野多未来結社の代表と話した綾乃は、買収計画が市街地の土地に限るとわかったときどこか残念そうな顔をしていた。あれはこの御土璃山が買収計画に入っているのではないかと思っていたのではないか？　つまり綾乃はあの時点で、御土璃山に「なにかがありそうだ」と考えていた――魔力的ななにかが。

綾乃は、魔力を欲していた？

魔力の実在を信じていた？

それは――彼女が異世界を知っているから？

（いやいやいや、そんなはずはない！　それなら彼女の経歴が、日本で暮らしてきた経歴がおかしなことになる！　日本語だって、言葉遣いは変であっても流暢《りゅうちょう》だ！　そう、知識はあるのに使い方を間違えているような感じがするだけで――）

そのときヒカルは、かつて自分が同じ経験をしたことを思い出した。

頭に、他人の知識が入ってきて、それが同居している奇妙な感覚を。

ヒカルの場合は、逆だった。

ローランド＝ヌイ＝ザラシャという少年がヒカルの魂をあちらの世界に連れていき、ヒカルは彼の身体を、記憶を受け継いで生きていくことになった。

（そう、だ。そうだった……佐々鞍綾乃は）

日都新聞で、彼女の同僚が言っていた。

――佐々鞍って確か入院してましたよね……なんか事故で昏睡《こんすい》状態とかなんとか。

事故で昏睡状態。

彼女が目覚めたのが2か月前。

山が騒ぎ出したのも2か月前。

異世界で、聖都アギアポールの地下にある「大穴」の封印が破壊されたのも、また2か月前。

偶然か？

いや――違う。

「待てッ！　アンタは異世界人だな⁉　いや、違う……アンタは異世界で生きた過去を持ち、その魂がこちらに来たんだ！」

綾乃はすでに光を放つ鉱床の上にいた。

振り返った彼女は、こう言った。

『私、あなたに出会えてよかった』

あのとき――海外のメディアに情報リークをしたときに綾乃は、そう言った。

同じ言葉を、あのときとは違う言語で口にした。

あのときは含みのある笑みを浮かべて言い――今度は喜びが顔にあふれていた。

次に彼女の口が開かれたとき、そこからはヒカルの聞いたことがない言葉――いや、言葉と言っていいのかわからない、音のようなもの――が紡がれた。

『――――――――――――――――――――――――――――――』

虫が鳴いた。

金属をひっかいた。

風が共鳴した。

そんな音だった。

これを言葉と言うには無理があるのかもしれないが、それでもヒカルはそこになにかの意味を見いだした。

言語という形を取っていないかもしれないが、音の中に意味があるのならば、それは言葉なのだろうと考えたのだ。

でなければこんな——こんなふうに、輝く鉱床が持つ魔力が綾乃に吸い込まれていくことなんてあり得ない。

「佐々鞍綾乃ッ！　やめろ!!」

身体が震え、全身が粟立《あわだ》ってしまうのは単に「直感」スキルによるものだけではないだろう。

ヒカルは綾乃を止めなければならないと思った。

今なにが起きているのかまったく理解が追いついていないけれど、それでも、彼女がなにかとてつもないことをやらかそうとしているのは間違いなかった。

ふたりの距離は3メートルほどしかなかった。

だがその間に現れたのは、光を放つ幾何学的な模様。

ひと目見てそれが「魔術式」だとわかったのは、ヒカルにも魔術の知識があるからというわけではなくて、ヒカルの知っている式だったからだ。

何度も見た式だ。

クジャストリア女王と改良を検討し、進めた式だ。

つまりそれは「世界を渡る術」の魔術式だったのだ。

「ヒカル!!」

絹を裂くようなラヴィアの叫び声が背後から聞こえたが、次の瞬間にはヒカルの前の空間がばかりと割れ、亀裂が現れた。

こんなに素早く展開する魔術ではなかったはずだ、「世界を渡る術」は。

だけれど今、現実に、ヒカルの目の前で、圧倒的な速度で術は展開し、亀裂が出現した。

「あ……」

あまりにも突然のことで、ヒカルは足を止められなかった。そのまま亀裂に吸い込まれてしまったのだ。

目の前にいた綾乃が消えて、ただただ違う空間に——湿度も温度もニオイも違う空間に足を踏み入れてしまったという実感だけがあって、それが、それこそが「世界を渡る」ことなのだとヒカルは知っていた。

「!!」

数歩で急ブレーキを掛けて振り返る。考えるよりも先に身体が動く。

戻らないと。

今すぐに亀裂の向こうに戻らないと。

そう思っていたが、亀裂はあっという間に閉じてしまった——向こうからただひとり、佐々鞍綾乃がこちらにやってきた直後に。

「あ……」

周囲はほとんど闇で、なにがあるのかもわからないが足元は固く、地面ではないなんらかの床があった。

しん、と静まり返っていた。

どこか淀《よど》んだ空気の中、綾乃の黒いシルエットがそこに立っていた。

『……くっ』

綾乃は、

『くっ、くくっ、あはは、あはははははははは！』

笑い出した。

『戻った！　ようやく戻ってこられた！　長かった……ようやくこの世界に戻ってきた……！』

彼女は、佐々鞍綾乃であった誰かは腕を振り上げた。

『この迷宮の主であるサークの血族として命ずる。明かりを点《つ》けよ』

瞬時、薄青い光が空間に満ちた。

ふたりがいるのはきれいな直方体に切られた部屋だった。

他になにか物があるわけではなく、単なる直方体の空間だ。

『サーク……』

ヒカルが呆然《ぼうぜん》とつぶやいたその名を聞いて、女は笑った。

『そうよ。私はソアールネイ《Soarunay》＝サーク《Saak》……魔術研究家よ』

『!!』

その名をヒカルは知っていた。

「世界を渡る術」の最初の研究家。ヒカルたちが完成させた魔術は彼女の研究成果を元にしているのだ。

『実験に失敗して時空の狭間《はざま》を彷徨《さまよ》うことになり、肉体は千々に裂かれ、魂だけの存在となってしまった……その姿でどれほどの時を過ごしたのかは覚えていない。だけれど、運はまだあった。世界の境界を越えた向こうに魂の抜けた身体を見つけたのだよ』

『それが佐々鞍綾乃か』

ヒカルの思考に冷静さが戻ってくる。

大丈夫だ。ラヴィアは日本に残してきてしまったが、今日の夜には「世界を渡る術」が使われ、セリカたちが日本に来るはずだ。ラヴィアにつながらず、葉月《はづき》につながる可能性は高いけれど、ラヴィアだってそこまで考えて葉月の居場所まで移動できるはずだ。葉月とはスマートフォンで連絡を取れるはずだ。

お金の使い方もわかっているし、電車の乗り方もわかっているし、最悪、ヒカルの両親に連絡を取ることだってできるはず。

ラヴィアが——取り乱したりしなければ。

それはすこし心配だったけれど、あの場には堂山老人もいるし、今は彼女を信じるしかない——。

『そう。日本では昏睡《こんすい》状態と言うのだそうね……しかし私の目から見れば完全に魂が抜けていた。自死の道を選んだとき、魂はすでに抜けていたのよ』

自死。

そうか、綾乃が昏睡状態になったのは自ら死を選んだからか——。

『アンタが佐々鞍綾乃の身体に入り込んだのは、2か月前か』

『そのとおり。でもどうして急に、境界の向こう側を感じ取ることができたのか、それに佐々鞍綾乃の身体にならヽヽ入れるとわかったのか……いずれにせよ、私はなけなしの魔力を使って魔術式を展開し、世界を渡り、佐々鞍綾乃の身体に入り込んだ』

ヒカルの中でさまざまな線がつながっていく。

綾乃の部屋はすっきりしていてあまりに物がないと思ったが、それは綾乃が――ソアールネイではない、元の佐々鞍綾乃が、自ら死を選ぶ際にすべて捨てたからだろう。

綾乃がデジタルに疎《うと》いのもわかった。デジタルの使い方の知識があったとしても、ソアールネイは使いこなせなかったのだ。

そして、「2か月前」という日。

ヒカルが「大穴」に潜った日。

すべてはあの日が鍵になっている。世界と世界をつなぐ境界が揺らぐほどのインパクトがあった――一度ちゃんと、あの「大穴」を調べたほうがいいのだろう。

「佐々鞍綾乃、か」

ヒカルはぽつりとつぶやいた。

なぜソアールネイが綾乃の身体に入り込むことができたのか。

ヒカルがローランドの肉体に入れたのはローランド自らが引き込んだというのもあるだろうし、魂の波長がなんらか合っていた可能性もある。

でも綾乃とソアールネイはそれまでなんの接点もなかった。

「……だけど共通点はあったんだ」

『なにか言ったか？』

『いや……なんでもないさ』

佐々鞍綾乃Sasakura Ayanoのアナグラムがソアールネイ=サークSoaarunay Saakとなる。

こちらの世界の文字にアルファベットを当てはめれば、だけれど。

ヒカルは綾乃のローマ字表記を頭に思い浮かべたとき、かすかな引っかかりを覚えたので、すぐに思い当たることができた。

それはただの偶然だろう。

でもソアールネイにとっては運命だった。

『アンタは、元の世界に戻ることを望んでいた……だけど日本には魔力がなかった。堂山家が守っている御土璃山の話を聞いて、そこに魔石のようなものがあるのではないかと考えた』

『ええ、そうよ』

『しかしアンタは手になにも持っていなかった。魔術式も、魔道具も』

『…………』

ソアールネイはなにも言わなかった。

『……あの奇妙な音か？　あれが魔術式の代わりだったと？』

ヒカルが推測を口にすると、ソアールネイはにやりとした。どうやら正解らしい。

（完成していたのか）

ソアールネイが「魔術式に頼らない魔術構築」を研究していたことをヒカルは知っている。「うまくいかなかった」という注釈付きで。

だが違ったのだ。ソアールネイは「音声」を使って魔術構築することに成功しており、成功の事実を秘匿したのだ。

ラヴィアのように精霊に呼びかけて魔法を使う「精霊魔法」とは根本的に違う、外部の触媒や魔力が必要となる、新たな魔術。

『理解できないな……アンタの近くには「東方四星」がいただろ。どうして彼女たちに頼らなかった？』

『ふっ……。私の話を信じてもらえるかどうかはわからなかった。私が彼女たちを信じるに足る理由もなかった。それだけのことでしょう』

『ずいぶんとまあ、用心深いことだな』

『私、なんの見返りもなく他人を救うような人間が大嫌いなの』

きっとシュフィが「回復魔法」で傷ついた人を癒やしたり、自動車事故からケガ人を救出したりしたことを言っているのだろう。

（マズいぞ……）

ヒカルは「直感」した。綾乃——いや、ソアールネイは、面倒な相手だ。

『だけど、おれたちには接触したよな？　新聞記者のフリをして』

『ええ……そのほうが利用しやすいでしょう？』

利用、ときたか。

最初から綾乃は「ポンコツ記者」の皮を被《かぶ》って、徹頭徹尾それを通していたのだ。異世界に渡る方法についてにおわせることもせず……。

（逆だ。逆だったんだ。ふつうなら「どうやって異世界と行き来しているのか」を聞くだろう。新聞記者ならなおさらだ！　でも、佐々鞍綾乃は聞いてこなかった。その時点で「おかしい」と気がつくべきだったんだ……！）

すべて後の祭りだ。

とにかく今すべきことは、今いるこの場所がどこなのかを明らかにし、ポーンソニア王国に戻ること。

だが──簡単にはいかなそうだとヒカルは思った。

他人を平気で利用し、ヒカルより圧倒的に魔術に詳しいソアールネイが簡単にヒカルを帰してくれるとは思えない。

『……それで、ここはどこなんだ？　どこかの建物の中のようだけど』

慎重にたずねた。

ソアールネイは、そんなヒカルを見てもう一度にやりとした。

『サーク家のダンジョン……冒険者の間では「ルネイアースの大迷宮」なんて呼ばれてい

る場所よ』

冒険者の端くれであるヒカルもそのダンジョンを知っていた。

そうではないか、という気はしていた。というのも「世界を渡る術」は魂と魂が引き合う力を利用している。だが亀裂の向こう側だったここには誰もいない――ように見える。

でもソアールネイにとってはここが魂の帰る場所……サーク家にとって極めて重要な場所。先祖代々の亡骸《なきがら》が眠るとか、そういう場所なのだろう。

それはヒカルにとっては、想定しうる最悪のケースでもあった。

ソアールネイにとっては実家のような場所かもしれないが、ヒカルにとっては未知の領域であり、しかも命の危険があるような場所だった。

『あなたがついてきたことは誤算だったけど、この迷宮にいることを特別に許可してあげるわ』

『よく言う……！　日本へとつなぐ亀裂を開くことはできないのか？』

『なぜあなたのためにそんなことをしなければならないの？』

『御土璃山で魔力を得られたのは、おれが堂山老人のために動いたからだ。そうだろ？　であれば礼をしてくれてもいいじゃないか』

『……できないわ』

『できない？』

『さあ、話は終わりよ。私はようやくこっちに戻ってくることができた。やらなければならないことが山ほどある。あなたへのお礼は……そうね、それなら選択肢をあげるわ』

ソアールネイは指を2本、立ててみせた。

『ひとつ、帰り道はこちらの道』

ソアールネイは右手の通路を示した。

『ふたつ、迷宮の最奥に挑むならこちらの道──今この場所は、迷宮のちょうど中央に位置する小部屋よ』

『最奥に挑む？』

ソアールネイは碑銘をそらんじていたのだろう、こう答えた。

『覇道《はどう》を征《ゆ》く者。

叡智《えいち》を求める者。

魔導を究める者。

奸智《かんち》に長《た》けし者。

勇猛を宿す者。

我が挑戦を受けよ。

すべてを乗り越えし者は、魔術の真髄を知る』

それは、「ルネイアースの大迷宮」の入り口に掲げられた言葉だった。

『魔術の真髄……それがなにか、わかるでしょう？』

ソアールネイが使った、音声を使った魔術式もそうなのだろう。そしてそれ以外にも、このダンジョンの先にはあるのだ。

「大魔術師」、「深淵《しんえん》の賢者」と呼ばれたルネイアースの知恵、そしてサーク家が積み重ねてきた知識が眠っている。

それは魔術を志す者にとっては悪魔に魂を売ってでも手に入れたいほどのものだろう。

『それじゃあ、私は行くから』

『え……』

ルネイアースが残した魔術の真髄とはどんなものかについて思いを巡らしていたら、ひらり、と手を振ってソアールネイはヒカルに背を向けた。

そうして正面の壁にぶつかる——というところで彼女の身体は吸い込まれるように消えた。

「!?」

駆け寄ってその壁を触るが、そこにはひやりとした固い壁があるだけだった。

「おい！　おい！　おーい！　それだけかよ!?　礼がたったそれっぽっちかよ!?」

だが壁は沈黙しているきりだった。

「……なんてこった」

ヒカルはそう言うことしかできなかった。

冒険者ならば一度は夢に見る「ルネイアースの大迷宮」。その中心に取り残されたのだ。

どれほど広いのか、どんな危険があるのかもわからないままに。

もちろんヒカルは外にこのダンジョンを攻略中のパーティーがいることを知らなかったし、ましてセリカまでもがここにいて、「世界を渡る術」が今日実行されないこともまた知らなかった。

「どうしよう……マジで」

戻る道か、行く道か。

選択肢はふたつだった。

閑話1　ヒカリちゃん登場

「新たな異世界人」の出現疑惑、内閣総理大臣による大規模開発プロジェクトの発表、それに絡む現役国会議員秘書による汚職疑惑――ビッグニュースが直撃したのは、日本の片田舎である藤野多町だった。

朝早くからメディアの記者が走り回り、国内外から「新たな異世界人」の情報を求めて人が押し寄せ、東京からは役人と検察がひっそりと訪れた。

そんななかに紛れているのが日都新聞記者の若手、日野《ひの》記者だった。

「あーあ、なんで俺がこんなY県くんだりまで来なきゃいけないんだよ……」

ぼやいている彼の横にいたのは、同じく若手のカメラマン、田丸《たまる》だった。

ふたりは日都新聞でも「体当たりさせるならあのふたり」とか「21世紀にまだいたのか、こういう体力バカは」なんて言われ、扱われ、ふたりまとめて「日の丸コンビ」なんて呼ばれていた。

「いいんすか、そんなこと言って。これってデスクからの『勅命《ちょくめい》』でしょ？」

「白羽の矢が立ったたって言えば聞こえはいいけど、あんなん、役員からどやされたデスクが俺に八つ当たりしたようなもんだよ。佐々鞍の同期入社って理由だけでここに来てるんだぜ」

「ああ、例の動画を持ち込んだ……」

土岐河と丸見川エステート社長の会食動画はすでに「本物」として扱われ、地上波でもバンバン流れている。

「日野さんもここ藤野多町でそっちの筋を追うんですか？」

「いや、ないな。丸見川エステートの社長は警察の取り調べを受けているって話で、そっちはもう別の記者が追ってるし、土岐河先生は居場所もわからん。まあ、あの人はもう絶望的だ。今ごろどっかで首を吊《つ》っててもおかしくない」

「げ……それ、ちょっとシャレになんないっすよ」

「ヤバいことしてたのは事実だろ。ウチの会社もそうだよ。OBが政権中枢に行けるかもってなったらさあ、取材に手心加えて、与党の提灯《ちょうちん》記事ばっかりだったし」

「それじゃあ今回は政権中枢に斬り込む！　みたいな記事になります？」

「いやー……それくらい、ウチの上も気骨《きこつ》がありゃいいんだけど。少なくとも俺たちがやるべきことはそうじゃない。大体このあたりは、うちのY県支局があちこち動き回ってネタを集めた後だから」

「じゃあなんで俺たち、ここに飛ばされたんです？」

「そりゃあ、『体当たりさせるならあのふたり』、『21世紀にまだいたのか、こういう体力バカは』の俺たち『日の丸コンビ』がやるんだから、ふつうのヤツらにゃできないことだろ？」

くいっ、と日野が指さしたのは、門の前にパトカーが2台止まり、警官がじろりと報道陣ににらみを利かせている——豪邸だった。

そこは堂山邸だった。

「日の丸コンビ」は5日間、堂山邸前に張り込んだけれど結果ははかばかしくなかった。そもそも他のメディア記者や、異世界マニアの連中がわんさかいるところだし、警察からは「迷惑だから散りなさい」と言われ、近所の人たちからも「迷惑だから帰って」とにらまれ、Y県支局の記者からも協力どころか「中央が俺たちの仕事を奪いに来たってわけか？」とツバを吐かれた。

肝心の堂山老人はお屋敷からまったく出ることはなく、食事は家政婦さんが運び（もちろん家政婦さんに大量の取材陣が押し寄せては警官が弾《はじ》き返した）、来客もまったくないような状況だった。

スクープのためなら張り込みなんて朝飯前だし、犯罪者を追う刑事との張り込み勝負でも彼らが居眠りしているのを見つけて叩《たた》き起こし、情報を流してやったことだってある。

つまり5日間、成果がないことくらいはなんてことないのだ。

「……やってらんないな」

だが、日野はふてくされていた。

「どうしたんすか？　もう音《ね》を上げるなんて日野さんらしくない」

「音を上げたんじゃない。手応えがないのが気にくわないんだ」

「手応え……ですか？」

「あのな、俺たちは刑事の張り込みを追って何日も廃ビルに潜り込んでたときだってあった。雪が降るなか、一晩中カカシのように突っ立ってたときもあった。だけどあのときは確実に手応えがあったんだ」

「はあ」

「だがな、ここにいても、おそらく堂山老人はなにもしない。あの老人にとっちゃ家に籠もって時間をつぶすなんてのは大変でもなんでもないんだろう。ふだんからほとんど外出はしてなかったようだし。想像してた以上にここにはなんもなかった……」

　日野がめくる手帳には、近所で仕入れた堂山老人の情報がびっしりメモされていた。いまだにアナログな手帳を使うのは、スマホだといつ電源が切れるかわからないし、事故に遭って破損する危険があるからだ。そんな手帳だって、火や水に放り込んだらダメになるが、それはスマホも同じことである。

「つまり、堂山邸に張り込んでもなにも出てこない。まだ、海外にいるっていう堂山家の息子一家を捜すほうが張り合いがある」

ちなみにそちらの捜索は先輩記者たちが向かっている。

「まあ、それはわかりました」

と田丸は言いながら――チーズケーキをぱくりと食べた。

「だけど、なんで俺たちはおしゃれなカフェでお茶してるんです？」

ふたりがいるのは堂山邸にほど近いカフェだった。

開店したばかりの時間帯では彼ら以外に客はいない。

「次になにをするべきか考えてるんだろ」

「マジっすか。仕事さぼってお茶してるだけの、わびしい男ふたり組にしか見えないっすよ。いや、職を失って自暴自棄になってるふたり組かも」

「お前なあ、ちゃんと考えろよ。それでも日都新聞の若手ナンバーワンと言われるカメラマンかよ」

「あは〜。俺が若手ナンバーワンカメラマンなら、日野さんは若手ナンバーワン記者ですね」

そのときふと、彼らの横にひとりの少女が立ち止まった。それは立ち止まったというよりつい、さっきまでいなかったのに今見たらいて、瞬《まばた》きしたら消えていてもおかしくない

――そう、いうなれば幽霊のように現れた少女だった。

大の大人ふたりがびくりとしてそちらを見たが、彼らがさらに驚いたのは、彼女が原宿にでもいそうな地雷系ファッションをばっちり着込んだ美少女だったことだろう。長い黒髪と黒目は、確かに日本人の特徴ではあるが、日本人らしからぬ肌の白さが、彼女の美しさを際立たせていた。

「……あなたたちは日都新聞の人ですか？」

と問われ、

「あ、はい、そうっすよ！」

田丸が答えた。「こんな片田舎にも、おしゃれなカフェにはおしゃれな子がいるもんだなぁ」なんてことを考えている顔である。

だが日野はそうは考えない。「体当たり」「体力バカ」の彼ではあったが、記者は記者、鋭い目つきでこうたずねる。

「ええと、君はこの辺の人？」

「はい」

どこかで見たことがある。どこだっけな。テレビ？　ＣＭ？　こんだけの美少女だったら確実にタレント事務所に所属してそうだけど、俺、そっちは疎《うと》いんだよな……。

と、若干見当違いのことを考えている。

「新聞記者になにか興味があるのかな？　俺——僕たちもできればここの地元の人たちに聞きたいことがあるんだけど」

　ふるり、と少女は首を横に振った。

　なんだか妙だ、と日野は思う。彼女の存在を目にしているはずなのに、なぜか印象がぼんやりしてくる。ほんとうに、目を離したら消えてしまう幽霊のような……。

「……日都新聞の人はいっぱい来てるんですか？」

「え？　ああ、そうだね。来てると思うよ。僕らも東京から来ているわけだし」

　日野が言うと、こくりと少女はうなずいた。なんだか「知っている」とでも言いたげな顔なので、ますますもやもやする日野である。

「僕らは日野に田丸。田丸はカメラマンなんだ」

「ハーイ」

　外国人に声を掛けるように田丸は言うと、手をひらひらしている。お前なんだそれ？　とふだんならツッコミを入れるところだが、ふと、日野はこの子は外国人なのか、と考えた。確かに、北欧系のハーフと言われても納得できる。

「ええと、君の名前を聞いてもいいかな？」

　名刺を差し出しながら日野が聞くと、少女はそれを受け取り、

「……ヒカリ」

と答えた。

「ヒカリちゃんか。家はこの辺なのかな？　今回の『新たな異世界人』騒動についてはどう思う？」

「わたしはそれよりも、日都新聞と議員秘書の土岐河氏との関係が気になるのだけれど」

「……そ、それは痛いところを突くね。ニュースとかちゃんと見てるのか、偉いねぇ」

日野はうーんと一瞬悩んだようにしてから、

「ウチの内情に関することだし、現在進行形で取材が進んでいることだからそう簡単には話せないなぁ」

「…………」

「だけど、もしヒカリちゃんが『新たな異世界人』や堂山さんについてなにか知っていることがあれば、教えてくれれば、僕もすこしは話ができると思う」

日野は、そう「取引」を持ちかけた。

え、こんな少女を相手に取引するの？　と田丸が呆《あき》れたような顔をしている。

「なにか知っていること、って、なにを知りたいの？」

「そうだなぁ。もしヒカリちゃんが堂山さんに会ったことがあるならそのときの話とか、『新たな異世界人』が現れた日になにがあったか知ってる情報があれば、とか、話せる範囲で教えてほしいんだ」

近くに住んでいるのなら堂山老人と接触している可能性もある。

それとて、今までの聞き込みで得られた情報以上はないだろうけれど——と、ほとんど期待せずに日野が聞いてみると、

「……堂山さんの家が襲撃された日、浄水場の近くで爆発があったの。それを警察が捜査していたものだから、堂山さんからの通報に対する初動が遅れた」

「え……？」

まさか、そんな事件情報をいきなり言われるとは思わず、日野はぽかんと口を開けた。

堂山邸襲撃犯は逮捕されており、警察は「果たすべき職務を果たした」と大いばりだった。当日の夜に爆発事件があったことなど誰も知らない。警察はそれを隠したのだ。なぜか。爆発事件に振り回されて、襲撃された堂山邸へ出動するのが後手《ごて》に回ったことを知られたくないからだ——。

そこまで一気に日野は考えた。

「次はそちらの番」

「え……あ、いや、ちょっと待って。君は何者なんだ？」

「質問に質問を重ねるのはルール違反じゃ？」

美しい眉根をひっそりと寄せた少女に見つめられ、その憂いを帯びた瞳に、日野はごくりとつばを飲んだ。

「わ、わかった……ええと、土岐河氏の事件について知りたいんだね？」

「できれば、事件を告発した佐々鞍綾乃という新聞記者について知りたい」

「ああ……アイツか」

日野は自分と同期入社の女性記者を思い出すとイヤそうな顔をした。

「変なことを聞きたいんだね。とはいえ、佐々鞍はあんなスクープを持っていたのに他社にタレ込んだんだから……ウチでは嫌われているよ」

「彼女は今はどこに？　出社しているの？」

「いや、雲隠れしているな。もしかしたらよそのメディアに入社する取引でもした上で、あのスクープ情報を持ち込んだのかもしれないが」

「……そう、行方《ゆくえ》を知らないのね」

「まあね。ウチのデスクも血眼《ちまなこ》になって捜しているが、まったくダメ」

「彼女は……どんな人だった？」

「どんな？　どんな、か。……うーむ、お嬢様って感じだな。おっとりしていて、めちゃくちゃ丁寧なんだが、とにかくスピードが遅い。行動力もない。そんな感じだ。文化部にでもいたらいい記事を書いたかもしれんが、なにをどう間違って社会部配属になったのかはわからない。人事が取り違えたんじゃないか、なんて俺たちは笑っていたけどな。事故かなにかで昏睡《こんすい》状態になってしまって、2か月ほど前からようやく出社した」

「……その事故がどんなものだったか知っている？」

「いや、知らない。眠ったように目が覚めないとかなんとか……交通事故だったのかな」

「あなたたちは同僚だったのにお見舞いもしなかったの？」

「そ、それは……。いや、どうして佐々較のことなんか聞きたいんだ？」

痛いところを突かれた日野だったが、ふと疑問を覚えて聞き返した。

「——え？」

だけれどその瞬間、彼は目を瞬《しばたた》いた。

そこにいたはずの少女が見えなくなったのだ。

不意にかき消えたようにすら思えた。

聞きたいことを聞いたから、お前はもう用なしだとでもいうように——消えたのだ。

「あ……」

日野は、新聞記者だ。「体当たり」「体力バカ」とか言われても新聞記者なのだ。もちろん冴《さ》え渡る頭脳もなく、今の今まで時間はかかってしまったのだが——それでも、頭のなかに散らばっていた情報ピースを一気につなげた。

「あ……」

そうして、ひとつの真実に——それは推測でしかなかったが日野にとっては真実だと思えた——たどりついた。

「田丸ぅううううカメラああああああ‼」

「え、えっ。な、なんですか。ていうか今の子どこ行ったんですか」

「いいからシャッター切れ！　店内を撮れ！　早くしろ‼」

「え、あ、はい」

日野は「新たな異世界人」が登場したあの堂山邸襲撃動画を何度も見た。日本中の新聞記者がそうであるように、何度もだ。そこになにかのヒントが――あの仮面の少年と少女の素性《すじょう》に関するヒントがないかを見つけるために。

だからこそ気づくのが遅れた。「あの仮面は顔を隠すだけでなく、特徴的な――たとえば傷痕や、ホクロといったものを隠す意味がある」なんて推測したのは当然だったし、美しい銀髪をなびかせた魔法使いの少女は、その銀髪こそがトレードマークなのだろうと思い込んでしまった。

これは日野だけでなく、ネット上で見かける推測もほとんどが同じだった。「仮面の向こうは美少女に違いない」なんていうのは「願望」でしかない。

「今のあの子が『新たな異世界人』のうちのひとりだ‼」

「えええええええええっ⁉」

堂山老人を襲撃した大陸系とおぼしき戦闘員は、仮面の少年をいきなり見失ったような行動をしていた。それが、なんらかの、「魔法」や「異世界の力」によるものだったら

――仮面の少年だけでなく魔法使いの少女もまた使えるのではないか。

今、目の前で体感したからこそ、日野はそこに気がついたのだった。

「撮ったか!?」

「と、撮りましたけど……誰もいない店内を撮ってどうするんです」

「いいから見せろ！」

「あっ」

カメラのプレビュー画面で確認する。田丸の偉いところはわけのわからない指示でも、とりあえずすぐに動いてくれ、カメラの性能が高ければ後の調整でどうにでもなるから、とりあえず広めの画角で撮ってくれるところだった。

「ん……」

落ち着いた、おしゃれな店内の写真だ。レジがあって、その向こうで店員さんが驚いた顔でこちらを見ているのは、いきなり日野が大声を上げたからだろう。

だがそれだけだった。

はあ、と息を吐いて日野が天を仰ぐ。

「なにも写ってない……か」

「……い、いや、待ってください、日野さん！　これ！」

田丸が拡大表示をしたのは店の入り口、そのドアだった。

ドアは半開きになっていて、隙間から外が見えている。

そこにいたのは確かに黒い服を着た少女だった。

顔は横を向いていて、ほとんど写っていないのが残念だったが、それでもそこに彼女はいた。

「いる……いたんだ」

「いたんだ！　いたんだよ、田丸！」

「そ、そりゃいましたけど。なにが起きたんですか。俺全然わかんないっすよ」

「……運が向いてきた」

「この写真どうするんですか？　ていうか、『新たな異世界人』かどうかなんて、どうして言い切れるんですか」

「間違いない。彼女の名前はヒカリちゃん。田之上芹華と同じ、日本から向こうに渡った異世界人だ！」

「へ？　魔法使いは銀髪でしたし、明らかに異世界の人っぽかったですけど」

「それがミスリードなんだ。あれはウィッグだよ」

「それなら黒髪がウィッグなんじゃ……」

「バカ。さっき俺たちはヒカリちゃんと話をしたろうが。ちゃんとだぞ。なんの問題もなく」

「そ、それはまぁ……それどころか俺は一瞬外国の子かと思ったくらいでしたけど、日本語うまくてびっくりしました」

「考えてもみろ。『東方四星』の他のメンバー、ソリューズ＝ランデたちは一切日本語が話せない。だけどヒカリちゃんは日本語が堪能なんだ。どう考えても日本人だ！」

「な、なるほど！」

事実は真逆なのだが、日本語という難度の高い言語のせいで日野はそう勘違いしてしまい、その推測は説得力があったので田丸もまた納得してしまった。

「ヒカリちゃんはこの辺りに住んでいるみたいなことを言っていたが、俺の見立てではおそらく堂山邸に住んでいる。そしてなんらかの方法で、人の目をかいくぐって外に出ている。後は――」

佐々鞍綾乃。

少女がなぜ、日野の同期について気にしているのか。

「……もしかしたら知り合いかもな」

「え？」

「なんでもない、こっちの話だ。とにかくだ！　忙しくなるぞ。突破口が見えてきたかもしれん！」

「それじゃ本社に応援を要請しますか？」

するとと日野はにやりと笑った。

「バカ。『新たな異世界人』であるヒカリちゃんの情報は、社内で……いや、世界でも俺たちしか握ってない可能性がある」

彼女が話しかけてきたのは日野が日都新聞の記者だからだ。事情はわからないが、佐々鞍綾乃について知りたかったからである。

「——このスクープは、ただのスクープじゃない。世界がブッ飛ぶ大スクープになるんだ！　他の記者になんて分けてやるもんか。俺とお前、ふたりでモノにするんだよ！」

日野は大声で叫んだのだった。

閑話2　飛び込む者、受け入れる者

カギを開けて家に入ると、数日は人が住んでいなかったのであろう独特の淀《よど》んだ空気が漂っていた。

（いないんだ……ほんとうに、セリカは）

この家の持ち主である父は、気前よくセリカたちに貸してくれた。そして今は一家でセキュリティの厳重な高級タワーマンションで暮らしている。

娘の葉月は父ほど簡単に新しい暮らしに適応できなかったのだけれど、さすがに1か月も暮らせば学校からの帰りでも無意識にタワーマンションへ足を向けていた。

（こんなニオイだったっけ）

リビングのテーブルにうっすらとほこりが積もっている。セリカたち「東方四星」に家を貸したものの、彼女たちがこちらで生活することは稀《まれ》だったようだ。

（帰っちゃったのか……）

葉月はひとり、リビングのソファに座っている。セリカが向こうの世界に一度戻るという話は聞いていたし、代わりにヒカルが日本に戻ってきたことも知っている。だけれどなぜだか、ヒカルに会いに行こうという気持ちにはならなかった。

時刻は夕方だ。テレビでも点《つ》けてみようかとリモコンに手を伸ばしかけて、やめた。数年前に買った大型テレビは起動までに時間がかかるし、大体、見たい番組もない。この時間帯ならばニュース番組でもやっているのだろうけれど、そこで流される映像がなんなのかもわかっている——新たな異世界人、だ。

葉月はテレビで繰り返し流されている堂山邸での戦闘映像を初めて見たときから、黒ずくめの少年が「ヒカル」ではないかと考えていた。というより、このタイミングで新たな異世界人が現れて、しかも銀髪の少女と行動をともにしているのなんてヒカル以外に考えられない。ちなみに言うと、魔法が襲撃者を焼くところは刺激が強すぎるとして地上波ではカットされている。

今や、あらゆるメディアが新たな異世界人の現れた藤野多町に集まっており、「東方四星」が拠点に使っていたこの家近辺から姿を消し、葉月は鬱陶《うっとう》しいメディアの取材に遭わずにこの家に入ることができた。

（……なにしてるのかな、セリカは）

家には必要なものを取りに戻っただけだった。それを回収すれば家を出て、新たな家であるタワーマンションまで帰ればいい。

でも、葉月はソファに座ったまま動かなかった。

思えばセリカがこっちの世界に戻ってきて以来、毎日がめまぐるしく過ぎ去っていった。

世界中からメディアやら研究者やら政府関係者やらなんやらが押し寄せ、向こうの世界とつながる日は全世界に向けて生中継された。一軒家ではセキュリティの問題があるということでタワーマンションに移り住むことになり、着替えや学校のテキストなど、必要最小限の物だけ持って引っ越しをした。

学校でも大騒ぎだった。葉月はなにがなんだかわからないし、セリカから説明を受けてもよくわからないことばかりなのだけれど、クラスメイトだけでなく先生までもが異世界について知りたがった。「東方四星」がやってきてからは彼女たちの可愛らしさ、美しさに、ファンクラブまでできた。

葉月は──目立たず、ひっそりと生きていきたいというタイプの人間だった。

こんなふうに目立ってしまうのは望んでいないことだったし、巻き込んできたのが友人のセリカでなければ不愉快をあらわにしていたことだろう。

「！」

そのときブーンと葉月のスマートフォンが震えて、メッセージアプリの着信を告げた。

「………？」

発信者は、ふだんまったく絡みのない男子のクラスメイトだった。そもそも彼に連絡先を教えた記憶はないのだけれど、同じクラス内だと、どうにかこうにかすればメッセージアプリでつながることはできてしまう。

イヤな予感しかしないが、葉月はメッセージを確認する。

『葉月さん！　もしかして新たな異世界人の魔法使い少女のこと知りませんか⁉　あの子って仮面を外したら絶対美少女だってネットのウワサがあって、なんとかして写真とか手に入れたいんですよ‼』

既読、の表示が出るとすぐに続きのメッセージが書き込まれた。写真じゃなくても情報だけでもいいこと、セリカへつないでほしいこと、「東方四星」の誰でもいいからつないでほしいこと……際限なく要望が送られてくる。

アカウントブロックする直前まで指が自然と動いてしまったが、ここでブロックをすると後々面倒が起きる。ただでさえ今の葉月の学校での立場は難しいのだ。セリカは葉月としかコミュニケーションを取らないのだが、情報に飢えたクラスメイトの一部が、あれは葉月がセリカをコントロールして情報を絞っているのだと陰口をきくのだ。

セリカのメッセージアプリのアカウントもクラスメイトにオープンにしたことがあったが、誰かがそのアカウントをメディアに売って小遣いを稼いだ結果、大量のメッセージがセリカに送られるようになり、セリカは葉月以外のクラスメイトとつながるのをやめた。

情報を絞っているうんぬんは、つまるところ言いがかりもはなはだしいのだが、そう主張したところで陰口がやむわけもない。「全部無視しちゃえばいいじゃん？」とセリカはあっけらかんと葉月に言ったのだが、特殊な事情で学校を休んでいる——休学扱いになっているセリカと、現在進行形で通っている葉月とでは立場が違う。

（セリカってあんなに自由奔放だったっけ……）

向こうでのことはあまり語らないセリカだったけれど、結構ハードな生活だったのではないかとうかがわせることがあった。

それはともかく、この男子からのメッセージをどうするか、である。

一方的に自分の要望を書き連ねてくる姿勢に腹も立つが、セリカが戻ってきてからずっと、こういう「自分の要望ばかり言う」人間と大量に出会ってきた葉月はもはや怒りも湧かなかった。葉月はバカ丁寧に、自分がなにも知らないこと、セリカとの接触は政府によって禁じられていることを説明する——こういうときに「政府」を引き合いに出すと、相手はよくわからない権威に怯《ひる》むので楽だった。

「はぁ……」

しばらく見たくないからメッセージアプリの通知を切ろうか……と思ったときだった。

ブーン、ブーン、と続けてスマートフォンが振動する。

通話の着信だ。

まさかあの男子がかけてきたのか——と顔をしかめながら画面を見た葉月は、そこに表示された名前に目を瞬《またた》かせる。

「あれ……？」

そこには、異世界に戻ったはずのセリカの名前が表示されていたのだった。

あわてて葉月はその通話に出るのだが、もちろん葉月はそのスマートフォンが、セリカのマンションに置きっぱなしであったのをヒカルが持ち出したことなんて知るはずもなかった。そして、そのヒカルすら佐々鞍綾乃――ソアールネイ・サークの魔術によって異世界に戻っており、今、スマートフォンを持っているのがヒカルと行動をともにしていた銀髪の少女だということも。

「もしもし、セリカ？　どうしたの、異世界に戻ったんじゃなかったの？」

予期せぬ友人からの通話に、葉月にしては珍しく声をうわずらせたのだけれど、その問いを聞いたのは異世界の少女だった。

こうして葉月とラヴィアは、初めて直接のつながりを持つことになる。

〈『察知されない最強職11』完〉

この作品に対するご感想、ご意見をお寄せください。

●あて先●

〒101-0052 東京都千代田区神田小川町3−3
主婦の友インフォス　ヒーロー文庫編集部

「三上康明先生」係
「八城惺架先生」係

ヒーロー文庫

ヒーロー文庫

察知《さっち》されない最強職《ルール・ブレイカー》 11

三上康明《みかみやすあき》

2023年1月10日　第1刷発行

発行者　前田起也

発行所　株式会社　主婦の友インフォス
〒101-0052 東京都千代田区神田小川町3-3
電話／03-6273-7850（編集）

発売元　株式会社　主婦の友社
〒141-0021
東京都品川区上大崎3-1-1 目黒セントラルスクエア
電話／03-5280-7551（販売）

印刷所　大日本印刷株式会社

ISBN 978-4-07-453316-9